夏凪渚はまだ、女子高生でいたい。2

探偵はもう、死んでいる。Ordinary Case

月見秋水
原作・監修：二語十

MF文庫J

口絵・本文イラスト●はねこと

プロローグ

「あんたが名探偵？」


その言葉をきっかけに、あたしの新しい物語は始まった。

あたしに新しい命を与えてくれた、愛しい《心臓》のこと。

誰もが知っている国民的トップアイドルの《サファイアの左眼》のこと。

世界中で様々な組織と戦い続ける、金髪の《エージェント》のこと。

人造人間や生物兵器、世界の敵と戦い、時には世界の守護者たちと対峙して。

あたしは、目も眩むようなひと夏の冒険劇を繰り広げ——。


そして、あたしの物語は破られてしまった。


絶対に負けてはいけない相手に、敗れてしまったせいで。

それからとても長い眠りについて、黄泉の国に迎え入れられそうになってしまったけど。

心臓の持ち主を探してくれた彼……すごく頼りになる《助手》が、あたしをバッドエンドから救ってくれた。

戦いも、事件も、あたしの新しい物語も。

夏と一緒に、過ぎ去ってしまった。

だけどこれは、まだ終わりじゃない。ほんの少しのモラトリアムだ。

あたしに新しい命を与えてくれた心臓の持ち主が、そうあるべきだと望んでくれたから。

激動の非日常だけじゃない、本当に愛おしい日常を過ごして欲しいと願ってくれたから。


あたしはまだ、女子高生でいたい。

女子高生を謳歌することも、あたしの大切な使命なんだ。


あたしの名前は、渚。夏凪渚。

かつて《探偵代行》を名乗っていた少女。だけど、今は違う。

新しい季節が巡ってくるように、新しい役割を与えられた。

あたしは――、《名探偵》として大切な日常を生きていく。

第一話　君と見たかった風景

秋。すっかり夏の日差しの厳しさが和らぎ、凪ぐ風が優しくなってきた頃。

あたしは他の皆より、ほんの少しだけ長い夏休みから日常に戻ろうとしていた。

少し遅めの復学になっちゃったな。だけど、また戻って来られた。

思えば、色んなことがあった。ありすぎて、笑っちゃうくらい。

あれもこれも、本当に全部がこの夏で起きたことなのかなって、信じられないかも。

ちょっと前までは、もう病院のベッドに戻らなくていいんだなって、清々しい気持ちで学校に通っていたのに。

「まさかまた、あの硬くて白いベッドの上で寝ることになるなんて、ね」

だけどそれも、もう終わり。今のあたしは、自室に居る。

朝の支度を終えて、これから高校に向かって、いつも通りの授業を受ける。

姿見の前に立って、短くなった髪を触ってみる。

ずっと長かったから、何だか不思議。別人みたい。でも……可愛い、よね？

「この髪を見たら、あの『二人』はどんな顔をするかな？」

心臓に手を置いて、深呼吸をして、今日も生きていることを実感する。

あたしに再び新しい命を与えてくれたあの子のことを、少しだけ想ってから。

玄関のドアに手をかけて、一日を始めようとすると——。

「おはよう、渚」

「久しぶりだね、ナギ」

ドアを開けた先には、大好きな二人が立っていた。

ちょっと前、夏休みの補講で会った時と何も変わらない。

王子様のように格好いいけれど、ちゃんと可愛い女の子。白浜冬子。

派手な髪色とメイクがばっちり決まっているギャル、東江はるる。

あたしの……大好きな友達だ。

「ただいま、二人とも」

それは、不意打ちの訪問に驚くよりも先に、自然と口から出た言葉だった。

新しい物語を始めたあたしが、もう一度大切な日常に帰ってこられた。

冬子とはるるが、もう一度会いに来てくれた。

それが嬉しくて、嬉しくて……つい、泣きそうになっちゃう。

「……っ、渚！」

「ナギぃいい!!」

二人はスクールバッグを放り投げて、あたしの胸元に飛び込んできた。

「うわぁ!?」

まるで飼っていた犬が、久々にご主人様に会ったみたいな反応。

咄嗟の行動にあたしは二人のことを受け止めきれず、三人で揃って玄関に倒れこんでしまう。ぶつけたお尻と背中が痛い。

だけど、胸に伝わる二人の温もりが、すごく心地いい。

「あはは。待っていてくれて……ありがとう、二人とも」

胸元で大泣きする親友たちの頭を撫でながら、あたしは回顧する。

あたしが大怪我を負って入院したことを知っている同級生は、殆どいない。

学校関係者では一人だけ、養護教諭の空木暦先生にだけは、事情が伝えられたらしい。

きっと、暦先生はあたしがどうなっているか隠しつつも、冬子とはるるにはそれとなく伝えてくれたのかもしれない。

「心配かけて、ごめん。でもあたしは、この通り元気だから!」

あたしの言葉に、二人はようやく泣くのをやめて顔を上げてくれる。

「あーあ、朝から目を腫らして、涙と鼻水でメイクをグチャグチャにしちゃって、二人とも可愛い顔が台無し。そんな顔をした友達と通学路を歩くとか、恥ずかしいよ?」

「……そういう渚だって」

「……色んな汁で、顔がビチャビチャだし！」

余裕ぶって、二人をあやすお姉さんを気取ってみたけど。

うん、触らなくても分かる。あたしの顔も、すごいことになっているよね。

「だ、だって仕方ないでしょ！　あたしはずっと……二人に会いたかったから……っ！」

今度はあたしが、冬子とはるるに抱き着く。

ごめんね。あたし、二人にたくさん心配をかけた。

ごめんね。あたし、二人と一緒に夏休みを謳歌出来なかった。

ごめんね。あたし、二人に内緒で男の子の友達が出来ちゃった。

色んな言葉が喉から飛び出しそうになって、色んな想いが頭の中に浮かんでいく。

だけど、二人にぶつけられない。嗚咽を漏らしながら、抱き締めることしか出来ない。

「いいよ、渚。色んな経験をした君は、また綺麗になったね。何も言わなくても、楽しいことや辛いことをたくさん経験したのが分かる顔だよ」

「うん。ナギのショートカット、すごく可愛い！　あー、もう。どうしよう……ウチ、また何か泣いちゃいそう。あ、そうだ！」

はるるは何かを思いついたらしく、スカートのポケットからスマホを取り出す。

そしてそれを掲げて、インカメラを起動して写真を一枚撮る。

「朝から大号泣するウチら、こうやって見ると超ウケるね！」

「でも、僕らってこんな感じだよね。バカなJKが三人集まって、バカなことをして。しかも『春夏冬』なんてバカみたいな名前までつけちゃってさ。あはは！」

はるると冬子。二人のいつも通りのやりとりに、あたしはようやく落ち着いてくる。

思えば、《彼》と出会ってから、信じられないような毎日ばかりだったけど。

二人の顔を見ると、思い出す。あたしの愛しい日常は、二人から始まったことを。

「――大好きだよ。冬子、はるる」

ようやく絞り出せた言葉に、二人は満面の笑みを浮かべてくれる。

あたしたちは互いに手を取り合って、立ち上がる。クリーニングに出したばかりの制服についた、ほんの少しの汚れを払って、スクールバッグを拾い上げて。

「よし！　そろそろ学校に」

「あ、待って！　ナギ！」

仕切り直そうとしたあたしを制して、はるるが叫ぶ。

それから冬子と二人で顔を見合わせてから、「せーの」と合図してから口を開いた。

「「おかえりなさい！」」

言葉と共に差し出された二人の手を握って、歩き出す。

女子高生三人が横並びで、しかも手を繋いで歩いちゃって、道行く人々は奇異の目を向けてくるかもしれない。

だけど、これがあたしの日常だ。

激動の日々と熾烈な戦いを経て、守りたいと心から思えたもの。

あたしはあたしの青春を、精一杯生きる。

大好きな人たちと過ごす日々を、守るんだ。

「あれ？　ていうか二人とも……このマンション、オートロックのはずだけど、どうやって入ってきたの？」

つい浮かんだ疑問を投げかけると、二人は照れるように小さく笑う。

「はるると二人で作ったんだ、これ。三人でお揃いの物が欲しいよね、って」

「えへへー！　ナギならきっと、喜んでくれると思って！　ほら、見て！」

そう言って二人がポケットから取り出したのは、鍵だった。

どこからどう見ても、あたしの持っている鍵と同じ。うん、「同じ」だ……。

「スペアキーを部屋主に無断で複製するあたしの友達、普通に犯罪だし最悪だ!!」

「ナギは神経質だなあ。減る物じゃないし、別に良くない？」

「増やす物ではないけど!?　あたしの部屋の防犯性は確実に減っているし！」

「渚。一般的なカップルは、付き合っている相手には鍵を預けるものだと思うよ？」

「付き合っていないし、そもそも預けた記憶も無いっ！」

これが……命を賭けてまで、あたしが守りたいと思った日常……？

全くもう。この二人、いつもこういう感じだったっけ。

あたしを振り回すし、モラルは欠如しているし、エロいし、バカだし、面白いし。

離れている間もツッコミ役はやらされていたけど、ここまで自由奔放なやりとりが出来るのは、この二人と居る時だけだよね。

「まあ鍵の件は置いておいて、渚には聞きたいことがあってさ」

「いや、置かないで？　そして鍵はあたしの部屋の玄関に置いてきて？　あんたら二人にプライベートを侵されているの、怖すぎるから」

「もしかしてさ、髪切った？」

「今更⁉　それ、もっと早い段階で突っ込むべきところでしょ！」

具体的には玄関のドアを開けたくらい……いや、でもそんな余裕は無かったけど。

二人ともあたしの返事をワクワクしながら待っている。

あ、これはあれだ。女子が髪を切るイコール、失恋だと思っている感じの目だ。

仕方ないなあ。あたしは大人なので、二人の期待に応えてあげよう。

「実はつい最近、好きだった男の子に振られちゃって！　イメチェン、かな？」

「あちゃー、ナギが典型的な負けヒロインムーブしちゃった。しかもこれがラブコメなら、髪切った後も何だかんだ諦めてないパターンでしょ。草生える」

「ま、まだ負けてないし！　それにこれはそういうやつじゃないから！」

　経緯は色々あるけれど、守りたい人のために切った……って言っても、あんまり伝わらないだろうから説明は省こう。でも負けヒロイン扱いは認めないから！

「まあ、僕らは渚がそこら辺の男子に振られるとは思っていないよ。だけどもしも、失恋したら話を聞かせてね？」

「えー？　冬子、あんたそうやって落ち込んだ女子を上手く丸め込んで、自分に惚れさせるつもりでしょ？」

「あはは、そんなことはしないよ。渚を振ったその男子に会いに行って、ちょっと前科が付くことくらいしかしないさ」

「凶行に手を染めようとしていない!?」

「ウチもフユと一緒に、政府所有の巨大ロボとかに乗り込んで殴り込みに行くから！」

「世界観を守って!?　あたしたちの平和な日常に、巨大ロボは出てこないから！」

　いや、心当たりはあるけども！

　だけど、それはあくまで誰か別の人のお話に留めておきたいな。

　高校生活が終わるまであと半年間。

　秋が終わって冬が来て、春を迎えるころにはこの制服ともお別れだから。

「あたしはさ、今は二人と一緒に居たいよ」

今のあたしには、二つの物語がある。

一つは《名探偵》として、ここには居ない『彼』や『彼女』たちと過ごす激動の日々。

もう一つは、どこにでもいる《女子高生》としての日々。

どっちも大切で、どっちも手放したくない。あたしは欲張りだから、一つを選ぶことなんて出来ないよ。

「夏休みに遊び損ねた分、冬子とはるるにはいっぱい構ってもらう！　朝も昼も放課後も一緒に居てもらうから、覚悟してよね！　二人とも！」

「もちろんだよ、渚。君が望むなら、僕はいつだって隣に居てあげる」

「ウチも同じ！　ナギが居ない間、フユと二人で過ごしたけどさ、二人ともボケだからナギが居ないとしっくりこなくて。やっぱりツッコミが無いと物足りないよね！」

やっぱり、安心する。二人の笑顔って、あたしにとってこんなに大切だったんだ。

たくさんの人と出会って、言葉を交わして、絆（きずな）を育んだけど。

夏凪（なつなぎ）渚の青春には、白浜（しらはま）冬子と東江（あがりえ）はるるが必要不可欠だ。

だからこそ、守るよ。

たとえ世界の敵が相手になっても、あたしの友達と学校生活は、二度と奪わせない。

「あたしも、二人と過ごす時間がすごく大切だよ。あ、でもまあ……ツッコミ役は、別のところでもやらされていたから、少しは加減して欲しいかも？」

　あたしがふと漏らした言葉に、二人は冷たい目を向けてくる。

「……へえ。ツッコミ、していたんだね。僕たち以外にも。僕らにとって渚は特別なのに、渚にとってはそうじゃないってこと？　ふーん」

「……ナギはツッコミを入れられれば誰でもいいの？　ウチはナギのためだけにボケているのに。ナギのツッコミと暴力はウチだけのものなのに……許さない！」

「他所でツッコミをしていただけでヤンデレになる親友二人、怖すぎる！　べ、別に浮気とかじゃないから許してよ！　ごめんってば！」

　何故か謝らされるあたし。これ正しい友情の形？　歪すぎない？

「どうせアレでしょ。ウチらが夏休みの補講の合間に見にいった、例の《少年K》相手にボケとツッコミの応酬を繰り広げていたとか？」

「僕は目配せで意味深なやりとりをしていた二人を見て、嫉妬でおかしくなりそうだったよ。どう見てもラブコメでした。ありがとうございます」

「意味深とかないから！　ただ友達が一人もいない彼を見て憐れんでいただけだから！」

「ねえねえ、フユ。放課後は彼を捕まえて色々聞きだそうよ！　ウチ、後で縄と手錠を用意してくるからさ！」

「いいね。口封じのガムテープも頼むよ。楽しみだなあ！」

物騒な話題で盛り上がる二人を尻目に、あたしはスマホで彼にメッセージを送る。

今日は絶対、学校に来ないでね。来たら死ぬかも。


朝のホームルームが始まる前に、あたしたちは保健室に顔を出した。

ほんのり鼻を掠める消毒液と、塩素の匂い。棚に置かれた薬品たち。いくつか並んでいる白いベッドは、まだ誰も利用者がいなくて。

部屋の中に居るのは、白衣を着た落ち着いた雰囲気の女性。

あたしたち、春夏冬トリオの名付け親であり、大好きな先生だ。

「おかえりなさい、夏凪さん」

優しい笑みを向けてくれるのは、空木暦先生。

たった一か月ちょっと前に会ったばかりだから、当たり前だけど……その変わらない笑顔と声に、あたしはまた泣きそうになってしまう。

「暦先生……！　ただいま！」

涙を堪えるように、元気な声を絞り出す。

またこの三人と一緒に高校生活を送れるなんて、すごく幸せだ。

「色々なことがあったみたいですわね。お友達の刑事さんから話は聞かせてもらいました。

でも……こうしてまた、制服姿のあなたと会えて嬉しいですわ」

決して多くは語らず、それでも心からの言葉を向けてくれる暦先生。

この夏を経て、あたしは多くのことを知った。自分の知らない世界があって、そこで生きる人たちのことや、平和を脅かす存在のことも。

お友達の刑事さんが誰なのかは察しがつくし、暦先生は今までその世界で生きてきた人だってことも分かっている。

でもあたしにとってここで会う暦先生は、敬愛する『学校の先生』のままだ。

「これからもよろしくお願いします、先生！」

「ええ、もちろんですとも。体調不良から恋のお悩みまで、何でも引き受けますわ」

「……あくまで参考程度に聞きたいんですけど、片思いの男子に、自分よりも長い時間一緒に過ごして分かり合っている、ほぼ両想い状態の恋敵が居たらどうします？」

「諦めるしかないでしょうね。大丈夫ですわ、夏凪さん。犯罪歴がついたとしても、人は案外普通に生きられるものですから」

「諦めは諦めでも、恋じゃなくて潔白の人生を諦めろ、ってことですか!?」

「恋愛は背徳感があればあるほど燃えるものなのですよ。不倫とか略奪愛とか、相手の女をアレするとか」

いや、流石に血を流した後で好きな男の子と抱き合ってキスは嫌だ……。

つい最近まで身体をボロボロにしながら、血を流すこともあった日々だったけど、ね。

それはそれ。戦いは戦いでも、恋はあくまで恋だし。

「……でも、あの子に悪いと思いながらも二人で盛り上がっちゃう夜とか、確かにそれはそれで……うん、悪くない。いや、絶対ダメだけど！」

流石にそれは、フェアじゃない。あたしはちゃんと恋愛をしたいのだ。

「暦先輩、いますー？」

自分を戒めていると、保健室の出入り口が開いて誰かが入って来る。

あたしたちの学校の先生だ。少し天然パーマの入った、ボサボサの真っ黒いロングヘアに、萌え袖ジャージ姿の女性教師。

確か、一年生と二年生の英語を担当している……。

「古見先生、どうかしましたか？　あと、学校では先輩呼びはやめてくださいな」

暦先生の言葉で思い出した。

古見蓬先生。確か暦先生と年齢が近いはずだけど。

「いいじゃないっスか。自分にとって暦先輩は、高校の頃からずっと先輩なワケですし」

「ここでは教員同士ですよ。それに、勤務歴ならあなたの方が私より一年長いでしょうに」

「古見先生と暦先生って、昔からの知り合いなんですか？」

つい口から漏れた疑問に、古見先生が反応する。

「お、今日は何だか賑やかですね。可愛い女子生徒が二人も居る。眼福ですなあ」

「三人のうち一人は可愛くない、って言っている自覚あります!?」

「ありますよ。自分はこうやって、女子同士のグループ崩壊を目の当たりにするのが大好物なので！　さあ、自分が去った後に醜い言い争いが始まるぞー！」

「しょ、性根が腐っている……！」

　こんなエキセントリックな教師が、当たり前のように教鞭を振るっているうちの学校は終わっているかもしれない。

「そういうの良くないと思うよ！　古見先生！　確かにウチとフユに比べたらナギは少し劣るかもしれないけど、すごく可愛いんだから！」

「あたしの友達、擁護するフリして背中に全力射撃をしてくる。ていうか、この中ならあたしが一番可愛いから」

「あはは！　ウケる。ナギ、もう一回病院行く？　いい眼科を知っているからさ」

「ちょっと待って。僕の親友二人、見事に古見先生の術中にハマっているんだけど。このパターン初めてで怖いから止めてください。僕が一番下でいいので……」

　怯え切った冬子の土下座により、春夏冬トリオは無事に解散を免れた。

「冗談だってば、冬子！　はるるの煽りに乗っかっただけだから。ね？」

「ん？　ウチは冗談じゃないけど？　さっさと廊下でやりあおうよ、ナギぃ！」

「あ、ごめん。やっぱりこれ解散するかも」

そんなあたしたちのギスギストークを聞いて、古見先生は「ぶはは！」と盛大に吹き出す。絶対悪人だ、この人。

「おやめなさいな」

「あだぁ!?」

暦先生に頭をバインダーで引っ叩かれて、古見先生は痛そうにしゃがみこむ。

それからゆっくりと立ち上がって、改めて自己紹介をしてくれた。

「いやー、話には聞いていたけど中々いい三人組っスね！　自分は古見蓬。蓬先生って呼んでくれていいですよ」

「じゃあ遠慮なく。話を戻して、蓬先生は暦先生と旧知の仲なんですか？」

「ですね！　自分は暦先輩の一個下で、夏凪さんたちみたいによく三人で遊んでいました。もう一人、名前の似た本好きの先輩が居て。とても有名なトリオでしたとも」

本好きの先輩。それはきっと、あたしも会ったことのある人のことだろう。

直木読子。彼女もまた、少し変わった女子生徒で、愉快な人だった。

「懐かしいですわね。三人とも名前に『こよみ』の三文字が入っているから、私の名前から取って、教師からは《三暦》なんて呼ばれていましたわね」

「自分だけちょっと違う形の『こよみ』だから、ぶっちゃけ仲間外れ感ありますけどね」

その説明を受けて、あたしと冬子はすぐに納得したけど。

「んー？　どういうこと？　蓬先生って、どう捻っても『こよみ』の要素無くない？」

首を傾げているはるるのために、あたしが説明をしてあげる。

「ほら、良く考えみてよ、はるる。空木暦は、こよみ。直木読子は、よみこ。だけど古見蓬だけ、性の「こみ」と名の「よもぎ」から組み合わせないと成立しないの」

「なるほど！　上三文字が「こみよ」だから、入れ替えれば……！」

「そういうこと。よく出来ました」

「は？　ウチのことをバカ扱いしないでくれる？　偏差値は高めなのだが？」

「夏休みが明けて攻撃性増しすぎでしょ。夏の間に異世界転生とか経験してきた？」

まあ、いつもの冗談だっていうのは分かっているけどね。

はるるは怒ったら、もっと怖いと思うし。あたしよりもずっと、感情豊かだから。

「ところで、古見先生。どうして保健室に？　何か用事ですか？」

暦先生に尋ねられて、蓬先生は「そうだった！」と思い出したように叫ぶ。

「夏凪さんの力を借りたくて、ここまで来たんです。夏休み前に色々な事件を解決した、ホームズも顔負けの《名探偵》らしいじゃないっスか！」

「え？　そ、そんなことないですよ。確かにあたしは推理上手だし、可愛い女子高生だし、トータルでみればホームズくらい魅力的ですけど」

「うわぁ、お世辞を真に受ける女子生徒、ちょっと嫌っスね。まあそれはさておき、そんな夏凪さんに一つ依頼をしたくて。カモン！　我が教え子！」

　蓬先生が廊下に向けて声をかけると、再び保健室の出入り口が開いた。

　その姿に一瞬、心臓が止まりそうになった。

　綺麗な銀髪に、小さな青い彼岸花のヘアピンを付けている女の子。

　儚げな雰囲気に、碧眼。顔だけ見れば、あたしの知っている《あの子》に、怖いくらい似ていたからだ。同一人物と言っても信じてしまうかもしれない。

　でも髪型は全然違う。長毛種の猫みたいにふわふわのミディアムヘアだ。

「紹介しますね。自分が授業を担当している二年生で、名前は」

「……イブです。イブ・リヴァース」

　名前まで外国人っぽくて、やっぱり既視感を拭えなかったけど。

　あたしの友達は、全く違ったリアクションを見せていた。

「いいね。すごくいい。ちょっと幼さを感じる顔つきに、ミステリアスな雰囲気。胸もそれなりに大きくて美人さんだし将来有望すぎる。今のうちに付き合いたい」

「名前が格好良すぎて草生える。ウチもそういう感じの横文字ネームにしたい！　明日からハルル・イーストビーチとかにしようかな？」

「はるるの部分はそのままでいいの……？　って、それより。初めまして、イブさん。あたしは夏凪渚。このバカたちの中で一番聡明な美少女だよ。よろしく」

「僕は白浜冬子。このバカたちの中で一番モテるし、異様に足が速いよ」

「ウチは東江はるる！　このバカたちの中で一番清楚だし、引くほどエロいよ！」

あたしたちの自己紹介を受けて、イブさんは目を合わさないようにして、蓬先生の後ろに隠れてしまう。大丈夫だよ？　可憐な女子高生トリオだよ？

「あはは。夏凪さんたちが脅かすから、隠れちゃいましたね。ほら、イブさん。ちゃんとお願いをしないと」

蓬先生に催促されて、イブさんは怯えた様子で一歩前に出る。

この子があたしにしたいお願いって、一体何だろう？　多分、《探偵代行》として事件を解いた話を聞いたなら、何らかの謎解きかもしれない。

「夏凪先輩。私と付き合ってください」

静寂が訪れる。保健室の壁掛け時計の、長針が動く音が聞こえるくらいに静かだ。

冬子とはるるの顔を見てみる。うん、一切動いてないや。

暦先生と蓬先生も、笑顔を貼り付けたまま静止している。あれ？　もしかして誰か時止めた？　時間と空間を操るモンスターとか、どこかに居る？

冬子にもキスを迫られたし、はるるからも首にキスされたことあるけど。

　女の子同士で付き合うなんて……い、いいの？

「……え、えっと。なんて？　も、もう一回言ってもらってもいい？」

「はぁ……なるほど、夏凪先輩は一昔前のラブコメ主人公のように、ちょっと耳が遠いようですね。もしくはあれですか、私の告白をもう一度聞きたいと？　エッチですね」

「別に告白自体はエッチな行為じゃないと思うけど!?　急に饒舌だし、付き合うとか言われても、い、い、意味が分からないから！　それにあたしには気になる人が……」

「あ。付き合うって、性的な意味ではないですよ。具体的には私の活動に付き合って欲しいという意味です。エッチですね」

「あたしをエッチキャラにしたがるな！　そもそも告白って言い直したのそっちだし！」

　憤るあたしを見て、イブさんは楽しそうにクスクスと笑う。

　もしやこの子、小悪魔系だな？

「……最初はあんなに怯えていたのに、急に強気な感じなのも生意気」

「だってそれはほら、夏凪先輩と東江先輩が性的な目を向けてくるのが怖くて。教師と上級生は神も同然。滅私奉公、絶対服従。生徒手帳にもそう記されています」

「その生徒手帳、後で捨てていいから。性的な目は向けていないし」

「私の分析では、純粋な気持ちを向けてくれたのは白浜（しらはま）先輩だけです。一切の穢（けが）れもいやらしさもない、清涼感の塊みたいな先輩ですね。お嫁さんにしたいです」

「ちょろいし人を見る目が節穴だし！　あたしらの中で冬子が一番女子を性的な目で見ているから！　絶対に信頼しちゃダメ！」

「渚（なぎさ）？　僕を犯罪者か何かだと思っていない？」

背後からあたしの肩を揺すってくる、煩悩まみれの友達は無視するとして。

「イブさん。あなたの活動に付き合うってどういうこと？」

「失礼、言葉不足でした。夏凪先輩、あなたは謎解きが得意だとお聞きしました。一学期には様々な事件を解決し、有名人になっていたとも」

「まあ……有名なのかはさておき、謎解きは少し得意かも。少なくとも、あの頃よりはちゃんと推理も出来ると思う」

そこで、あたしは早速あることに気付いた。

「イブさんもこの学校の生徒だよね？　まるで人から聞いたみたいな言い方だけど、あなたにはあたしの活躍が届かなかった感じだ？」

「どうでしょう。あまり記憶に無いのです」

「記憶に無いって……たった数か月前の話なのに？」

「はい。何故なら私は、『記憶喪失』なので」

非現実を象徴するような言葉に、事情を知っている蓬先生以外の全員が息を呑む。

「だから夏凪先輩。私の探している人を、探してください」

ひと夏の壮大すぎる冒険劇が終わり、取り戻した日常。

秋を始めようとするあたしの前に現れた、下級生。

女子高生としての青春を再開しようとするあたしに、彼女は——。

かつて、この心臓の持ち主を探していたあたし自身を想起させる、『人探し』を依頼するのだった。

「私はかつて、誰かを探していました。頭の片隅にはその記憶があります。しかし……ある日突然、靄がかかったかのように、その目的を忘れてしまったのです」

イブさんは語る。自身が『記憶喪失』になるまでの経緯を。

「探していた相手の名前も、会って何をしたいのかも、記憶を失くした原因さえも。家の場所や直近の学習内容みたいな、そういうのは辛うじて覚えていますが」

「……自分の名前は、忘れなかったの？　生い立ちとかも？」

「昔の記憶はもっと以前から曖昧ですし、問題無いです。名前はこれがありますから」

スカートのポケットから、イブさんは生徒手帳を取り出してあたしに見せる。

「うん、それなら名前は本物だね。つまり部分的な記憶の欠如、っていうこと……ね」

何らかの理由で自分を形成する大切な要素を失った、女の子。

それがどれだけ苦しいことなのか、『今』のあたしになら分かる。

かつて《探偵代行》だったあたしは、ある出来事を経て《名探偵》の名を継承した。

正式には……まだ就任前だけど。それはいいとして！

その際に、自分でも忘れていた過去を思い出したから。

酷く苦しくて、悲しくて、決して忘れてはいけなかったはずの記憶を、全て。

呼吸が浅くなりかけて、あたしは心臓に手を置いて深呼吸をする。

吸って、吐いて。確かな鼓動を聞いて。『今』の自分を再認識する。

「記憶喪失」

呟いてから、あたしは《助手》をしてくれる親友を見る。二人は肯定も否定もしない。

だけどこの依頼にどう答えても、力になる。

言葉にしなくても、瞳の奥にそんな強い意思を感じることが出来たから。

あたしは、イブ・リヴァースに返事をする。

「いいよ。その依頼、引き受けてあげる！　イブさんが探しているその人を……絶対に見つけるから。女子高生で《名探偵》の、夏凪渚が！」

先ほどまでどこか暗かった、イブさんの雰囲気が変わる。

安堵の息を漏らして、あたしたち三人に深く頭を下げるのだった。

「よろしくお願いします、先輩方。そして不躾ながら、もう一つお願いがありまして。どうか聞いてくれますか？」

「分かった。この際だし、何でも言って！　出来ることなら力になるから！」

「素敵すぎます。夏凪先輩、そして横の二人。私とバンドを組んでください」

「依頼の温度差がすごくない⁉　そもそもあたしたち、楽器出来ないから。そしてあたしの友達を横の二人と表現するな！」

「え？　僕はベースを演奏できるから構わないよ。中学の頃、女子にモテるために楽器を始めた過去があってね。披露する場が無かったから無駄に終わったよ。たはは……」

「ウチもドラム出来る！　リズム良く何かを殴るの、すごく得意だよ！」

「あたしの知らない情報が次々と飛び出してきた！　冬子のダサすぎるエピソードはともかく、はるるのそれは演奏出来るって言えなくない⁉」

ちなみに、あたしは言うまでもなく楽器は出来ない。

友達に最強のアイドルがいるから、楽器は貸してもらえるかもしれないけど……。

「では夏凪先輩はギターボーカルですね。赤いギターを持って、敬語口調にしましょう。そういうスタイルが似合う予感がします。何故だか分かりませんが」

「ギター未経験者にボーカルもさせるの⁉　そしてそのスタイルは絶対にやらない！」

「ふむ。ではバニー衣装で歌うというのはどうでしょう？　私たちは添え物なので制服姿にするので、すごく目立ちますよ。男子の一生の思い出になるでしょう」

「うん。絶対に嫌。あたしの魂が壊されるから。そもそも、何でバンドなの……」

「記憶を失う前の私は、音楽が好きだったみたいです。スマホに自作の曲が一曲だけ録音されていたので、みんなで演奏すれば何か思い出すかな、と。目指せ、武道館」

「演奏が目的と言いつつ、さり気なく壮大すぎる夢を語らないで欲しい」

そして武道館に立つために全力で頑張っている人たちに謝って欲しい。

イブさんは大きく舌打ちをして……舌打ち⁉　今、舌打ちした⁉

「まあ、武道館は追々目指すとしましょう。せめて演奏だけでも聞ければと軽音楽部にも依頼に行ったのですが、文化祭前ということで門前払いでした」

「軽音楽部、この時期は忙しいもんね」

だけどスマホに残されていた自作曲、というのは大事な手掛かりだ。後で聞かせてもらおうかな。

「バンド演奏の方は時間があったらするとして、まずは人探しが優先かな」

「あ、最後にもう一つだけお願いしてもいいですか？　名探偵の夏凪先輩にとって、今更一つくらい増えても問題無いと思いますが？　出来ますよね？」

「あたし、もしかして探偵業で人生初のカスタマーハラスメントに遭遇している？　依頼者なのに上から目線すぎるでしょ……もう一つでも二つでも好きにして」

「では、私のことはイブって呼んでください。皆さんと……仲良くなりたい、ので」

無表情を貫いていたイブさんの頰(ほお)に、しだいに赤みが滲(にじ)む。

そのギャップに、ちょっとだけ可愛(かわい)いかもなんて思ってしまう。

「うん、いいよ！　あたしたちもイブちゃんとは仲良くなりたいから！」

「クールな女子がデレる瞬間って、いつ見ても興奮するよね。イブちゃんも僕のことは、気軽に名前で呼んでいいよ！」

「激しく同意！　ウチは名前じゃなくて、あだ名でもいいし！　ため口も許す！」

あたしたちは三人で可愛い後輩を囲んで、三方向から好き勝手に声をかける。

イブちゃんはその間、赤い顔のままでずっと俯(うつむ)いていたけど。

何だか満更でもなさそうな感じが、また可愛かった。

中学校には通えず、高校では下級生と接する機会が無くて分からなかったけど。

後輩が出来るって、何だか楽しいかも。

イブちゃんを三人で愛(め)でていると、ホームルームの予鈴が鳴る。

あたしたちは大慌てで連絡先を交換して、放課後に再び会う約束をした。

このどたばた感が、とっても愛おしい。

眠気に耐えながら授業を受けて、昼休みは三人でお弁当やパンを食べる。ただそれだけのことだけど、忙しすぎてすっかり忘れていた気がする。

「あーあ。今日も一日が終わっちゃった」

放課後になって、思わずそんなことを呟いてしまう。

この一日の繰り返しを、あと何回出来るだろう。カレンダーを見て、日付を数えれば分かることだけど……きっと、寂しくなっちゃうからやらない。

それよりも、今は目の前のイベントを楽しまないと！

「夏休みは後半から今日まで学校に来られなかったから気付かなかったけど、もう文化祭の時期だね」

教室の同級生たちは机を端に寄せて、空き教室に置いていた資材を持ってくる。

文化祭の出し物で使う看板やメニュー表など、それ以外にも作る物が多くある。当日まで間に合うか分からない……その緊張感の中でも、誰もがこの雰囲気に浸っていた。

「僕らのクラスはシンプルな喫茶店だよ。最低限の内装だけ作って、提供する飲食物もかなり絞っているから、結構楽だと思う」

あたしと冬子は教室の隅っこで、みんなの準備を眺めていた。

「うちの学校、三年生の出し物は軽食だっけ。楽だけど味気ないよね」

「そうだね。一年生は遊戯系で、二年生は演劇。渚はどっちも未経験だっけ？」

「うん。文化祭自体が初めてだから楽しみにしていたけど……喫茶店かぁ。準備は大変かもしれないけど、あたしも演劇をやりたかったなー。冬子は何か役とかやったの？」

「高校文化祭の花形みたいなところはあるよね、演劇。僕は照明をやったかな」

「え、意外。王子様役で、お姫様に本気のキスをしているイメージ」

「僕も演劇には興味あったけど、お姫様役に立候補した女子たちが揉めてね。最後は殴り合いが始まったから、王子様役を諦めたよ」

　冬子のパートナー役を必死に取り合う女子たち……容易に想像がつくから嫌すぎる。

「それに、僕は渚だけの王子様だからね。今はそれで満足さ」

「うわ、いいこと言ったみたいなドヤ顔、すごく腹立つ」

「ん？　本気だよ。残念だけど今の君には憧れている王子様が居るみたいだから、この役も辞退することになりそうだけどね」

「なっ、あ……！　べべ、別に彼とはそういう関係じゃないってば！」

「ちなみに決闘で勝った方が、正式に渚の王子様になる」

「……それなら多分、冬子があたしの王子様になっちゃうかもね。ふふっ」

　ちなみに冬子に目の敵にされている王子様候補は本日、学校を欠席している。

眠り姫ばっかり構って、可愛いあたしが誰かに取られても知らないぞ、鈍感王子。

そんな会話のすぐ後に、はるるがお手洗いから戻ってくる。

「お待たせ、二人とも！　トイレが死ぬほど混んでいてさー、あと少しで漏らしそうだったよ。少し下着が湿ったくらいで間に合ったからギリギリセーフ！」

「バッチリアウトでしょ!?　男子に聞かれたらどうするの！」

「甘いなあ、ナギは。男子にあえて恥ずかしい話を聞かせているのが楽しいの。ウチはそういうところに快感を見出すタイプのＪＫなのだ！」

「あたしはそういう友達に対して恥と絶望を感じるタイプのＪＫなのだ……」

や、本当に男子がチラチラとこっちを見てくるから止めて欲しい。

そういう視線は好きな男子が向けてくるから興奮するのであって、そういう対象じゃないクラスメイトから向けられても……。

「あ、夏凪さん。サマーズの三人って、今時間ある感じかな？」

そんなあたしたちに声をかけてきたのは、クラスメイトの小金心愛ちゃんだった。

彼女とは過去に『幸せの黄色いパンツ』事件で顔見知りになり、クラスでもたまに話をする仲になった。ただ、心愛ちゃんは彼氏とのノロケ話を聞かせてくるので、あたしたち彼氏ナシＪＫには色々と刺激が強い存在だ。ていうか……。

「心愛ちゃん。今あたしたちのことを『サマーズ』って呼んだ？」

「え？　うん。めっちゃ浸透している呼び方だし。三人の話をする時によく使うよ」

「最悪だ！　結局『春夏冬』なんて洒落た呼び方、全然浸透していなかった！」

「あ、あはは。夏凪さん、夏休み明けてもしばらくお休みしていたから心配だったけど、何だか元気そうで安心したよ」

　安心しつつ、ちょっと引いた笑顔で接しないで欲しい。

　冬子とはるるだけじゃなくて、違うところでもツッコミ役をやらされているせいか、たまに普通の同級生と接すると会話の温度差で引かれちゃうのが深刻な悩みだ……。

「心配してくれてありがとう、心愛ちゃん。ところで、あたしたちに何か頼み事？」

「そうだった。美術部に製作委託した、内装用の造花を持ってきてもらってもいい？」

「うん、いいよ。みんな色々やっている中、あたしたちだけ帰るのも悪いしさ」

「ありがとう！　美術室前にうちのクラスが書かれたダンボールがあるみたいだから、それを持ってきて欲しいな。三人で持てる量だと思うから」

　クラスメイトとのこういうやりとり、青春っぽくていいかも！

　あたしたちは早速、教室を出て美術室前へと向かう。

　廊下には他にも製作委託をしたらしい、色んなクラスの段ボールが置かれている。

「あ、見つけた。二箱だけみたいだから持てるよね？　冬子、はるる？」

「もちろん！　って……当たり前のように自分は持たない空気を作らないでよ!?　今すご

く悪い女のムーブをしているよ、渚（なぎさ）！」

「フユの言う通りだよ、ナギ。こういうのは公平に、胸が小さい順だと思うなー」

「あんたもあんたで、相当悪いムーブでしょ、それ。女子としてのマウントを取りつつ自分はサボる気じゃん！」

「逆に考えて欲しい。ウチは既にお胸に二つの重りをつけているわけだよ？　それなのに重い荷物を持たせるのはどうかと思う。二人と違ってハンデがあるのでぇ？」

「くっ……こいつ！　マウントに加えて巨乳で苦労していますアピールまでしてきた！　ずるい！　あたしだってもっと大きくしたいのに！」

はるるはそんなあたしに、「残念でしたー」と、見せつけるように胸を下から持ち上げて揺らす。このメロン、収穫時期かな？　あるいは二つぶつけたら対消滅したりしない？

「やれやれ、仕方ない。そんなに重くないようだし、僕が二つとも持つよ」

醜い争いを見ていた冬子が、ダンボールを二つ重ねて軽く持ち上げる。

その流麗な動作に、思わずあたしたちは感嘆の息を漏らす。

「おおー……冬子ってマジでイケメンだよね。男子よりも男らしくてびっくりする」

「分かる。か弱いウチらと違って、やっぱり男の子って頼りになるよね！」

「だから僕は男子じゃないよ!?　ナニもついてないからね!?」

あたしたちが（正確には冬子が）ダンボールを持って教室に戻ると、心愛ちゃんが待っていましたと言わんばかりに嬉しそうに駆け寄ってくる。

「ありがとう、サマー」

「心愛ちゃん。今後あたしたちを『サマーズ』って呼んだら、このダンボールはゴミ捨て場行きだからね」

「……ありがとう、夏凪さんと東江さんたち！　すごく助かったよー！」

「そこまでいったら、東江さん「たち」って括らずに僕の名もちゃんと呼ぼうか？」

どうやら校内では着実に『フユ虐』の流れが来ているらしい。

でも分かる。冬子は冷たい対応をした時に見せる、困り笑顔が一番可愛いから。

「冗談だよー。一番頑張ってくれた白浜さんには、心愛ちゃんから飴をプレゼントしちゃうね。これが本当の飴と鞭……な、なんちゃってー！」

心愛ちゃんはあたしたちの冷たい目を見て、照れながら即座にとぼけてみせる。

意外とこういうところあるのよね、この子。これがモテるテクか？　ん？

「ダンボールの造花は、そこに置いてある糊を塗った板に雑にくっつけるつもりだから、封を開けてひっくり返しちゃっていいよ。配置の手直しだけすればいいから！」

「お、楽しいやつだね。渚、上のダンボールは軽いから派手にやっちゃっていいよ。僕は高校三年生になってまでそんな恥ずかしい真似は出来ないからさ」

「うわ、その台詞で一気にやり辛くなった！　まあ……でも、お言葉に甘えて」

冬子の言う通り、ダンボールはあたしが労せず持てるくらいに軽かった。

「いくよー！　せー、のっ！」

あたしは封を開けて、ダンボールを一気にひっくり返した。

制服姿の女子が造化をぶちまけるのは、何だか映画のワンシーンみたい。

ちゃっかり動画撮影を始めたはるるのスマホに、この瞬間が思い出として残るように、わざと大袈裟（おおげさ）な動作をしてみせながら。

ダンボールの中から、色とりどりの造花が舞う――。

そうなるはずだったのに。

出てきたのは白いピンポン玉に良く似た、誰もが「目に」したことのあるもの。

眼球だった。

箱からは大量の『目玉』が飛び出し、教室の床にぶちまけられたのだった。

「……ひっ」

心愛ちゃんが息を呑（の）むような声を漏らすのと、ほぼ同時に。

「うぎゃあああ――――っ!!」

クラス中が阿鼻叫喚（あびきょうかん）に包まれた。悲鳴と驚愕（きょうがく）が共鳴し、混乱に陥る同級生。

女子も男子も、教室の端や廊下に大慌てで逃げ出す始末。

あたし？　あたしはもう、笑顔でダンボールをひっくり返したまま、固まるしかなかった。驚くタイミングすら失ってしまって笑うしかない、こんなの。

そんなあたしの手からダンボールを取って、冬子が声をかけてくれる。

「渚、大丈夫かい？　はるるみたいに気絶していないよね？」

「う、うん。って、はるる気絶しちゃったの!?」

「ホラーとスプラッタが苦手な子だからね……危ないから廊下のベンチに寝かせてきたよ。僕はこういうグロいのとかは大丈夫」

「あたしも……意外と平気だったみたい。どうしようか、これ」

多分、ここ最近は血とかそういうのを見る機会が多かったからだと思う。

それに冷静な目で見れば（決してボケではなく）、この『目玉』の正体が分かった。

「本当にピンポン玉だよね、これ。ペイントが精巧だから、一見分からないけど」

一つ拾い上げてみると、かなり良い出来だ。

冬子も、近くに落ちている目玉を上履きで踏み壊して確認する。

「本当だ。しかし悪趣味なことをする奴も居たもんだ」

「一年生の出店にお化け屋敷があって、それで使う小道具だったのかな？」

あたしたちが分析をしていると、周囲の生徒たちも恐る恐るといった様子で、看板にくっついてしまった無数の目玉を観察し始める。気付けば混乱は収まったみたい。

「なるほど。これは実に面白いですね。味はどうでしょう？　ぱくり」

その中の一人が、目玉を躊躇なく口に入れて……入れて⁉

「流石に味はしないでしょ⁉　吐き出した方が……あ、あれ？　イブちゃん？」

「ひゃい。イブれす。クソまずいれすねぇ、これ」

「吐き出してから喋って欲しいかな？　どうしてここに？」

思わぬ来訪者に驚くあたしに、イブちゃんは目玉をゴミ箱に吐き捨ててから答える。特殊性癖の男子にこっそり拾われそうだから、別の場所に捨てるべきだ。

「はるる先輩が廊下のベンチで寝ているのを見かけて、絶対に面白いことが起きただろうなと直感してやってきました。お祭り会場はここですか？」

「先輩を助けに来たのかと思いきや、ただの野次馬根性だった！　あ、でも放課後に会う約束をしていたのよね。ごめん、遅れちゃって」

「いいですよ。私のような後輩は優先順位が低いんですよね。ぐすん」

「うわ。この後輩、面倒くさいタイプの女子だ」

「それより、名探偵の先輩に僭越ながら一つだけ言わせてください。先ほどこれはお化け屋敷で使う小道具かもしれないと、そう推測していましたね？」

「う、うん。もしかして違うの？」

「はい。今年はお化け屋敷の出店が無いですから。演劇で使う小道具でも無いでしょう。しかし一つだけ心当たりがあります」

イブちゃんはわざとらしく、それこそ解決編を担当する探偵のように、たっぷりと間を取ってからあたしと冬子に言う。

「人造人間」

思わず、呼吸が止まりそうになる。

「この学校には、人を作ろうとしている生徒が居るという噂がありますます」

世の中には本当に、《人造人間》が存在する。

それは、とある異形の存在のこと。その《創造主》である彼は自らの種族を繁栄させるために、それに見合う人間をデザインしていた。

人体にある物を移植することで、半人造人間を生み出すことも出来たけど。

「まさか……こんな学校で、そんなこと」

あたしの動揺を感じ取ったのか、すぐに冬子が優しく手を握ってくれる。

手のひらと指から伝わる熱に、胸の底から湧き上がる焦燥が解けていくのが分かる。

大丈夫。たとえ本物の《人造人間》が居ても、あたしは――。

「うん？　そんなに真剣な顔をしなくても、ただの噂ですよ。学校の怪談というか、都市伝説みたいなものです」

イブちゃんはあたしたちとの温度差を感じ取ったのか、可愛く首を傾げる。

「え？　ど、どういうこと？」

「この学校には【開かずの部室】が存在していて、そこで人体実験をしている生徒が居る、みたいなバカげた話です。学校では有名な話だと、SNSで見ました」

「しかも友達に聞いたとか、そういう感じじゃないんだ……」

「はい。私は友達がいないので。代わりに同級生のSNSは裏垢含めて全て監視しています。なのでとても情報通ですよ。褒めてください」

「人間の世界に憧れる孤独な怪物みたいなエピソード、悲しいから止めて欲しい。でも、それなら安心したかも」

あたしと冬子は繋いでいた手を離して、互いに笑い合う。

「……あのー、もしかしてなのですが」

そんなあたしたちの様子を見て、イブちゃんが何やら言いたげだ。

「ん？　どうかしたの？」

「お二人はあれですか。お付き合いをしているとか、そういう感じですか？」

「は、はぁ――――っ!?　そ、そうじゃなくて！　別にあたしたちは、その」

思わぬ質問に、あたしは咄嗟に否定出来なかった。

「そうだよ、イブちゃん。僕と渚はパートナーだから。肉体的にも精神的にも、互いを満たし合う蜜月の関係さ！　今日もこの後、いっぱい可愛(かわい)がってもらう予定だよ」

「冬子(ふゆこ)ぉ!?　すごく嬉(うれ)しそうな顔で過激な嘘(うそ)を吐(つ)かないでよ！」

「やはりそうですか。では私は、余ったはるる先輩とカップリングされるわけですね。このグループが奇数じゃなくて安心しました」

「話を聞けぇー！　それに余ったもの同士でくっついていいのは、漫画やアニメの後日談だけだから！　現実はもっとこう……ちゃ、ちゃんと好き同士にならなきゃダメ！」

「ラブコメ漫画では負けたヒロインが後日談で大人になっても主人公に未練タラタラなの、よくありますよね。いっそ総取りすればいいと思いませんか？　みんなハッピーですよ」

「……それについてはノーコメントで」

何となく、知り合いの顔がいくつか浮かんでしまった。

ハーレムエンドはそれなりにありそうだから困るし、絶対嫌！

あたしは正々堂々、戦って負けたい……いや、勝ちますけど!?

「ごめんねぇ、ナギ。フユ。ただいま戻りました！」

三人でバカな会話をしていると、もう一人バカな女の子が帰ってくる。

「おかえり、はるる。もう大丈夫なの？」

「うん！　ちょっと寝不足で気付いたら寝ていたみたい！　不思議だよねー！」

「目玉に驚いて気絶したという恥ずかしい事実を、必死に誤魔化(ごまか)そうとしている!?」

あたしに見抜かれて、はるるは顔を真っ赤にして「うぐぅ……」と呟きながら涙目になってしまう。可愛すぎる。いっそ『はる虐』も流行らないかな。

「そ、それより！　イブちゃんが居るけど何で？　飛び級した？」

「日本の高校制度で真っ先に飛び級を疑うのはどうなの？　あたしたちが遅かったから、わざわざ来てくれたみたい」

それからあたしは、はるるに【開かずの部室】の噂のことを語った。

すると、思わぬ言葉が返ってくる。

「あ、ウチそれ知っているかも。入学当初に話題になっていた怪談？　だよね。ちなみにその部室、ちゃんと存在するよん」

「え？　ど、どういうこと？」

「ウチについてきな、ナギ！　イブちゃん！　面白いものを見せてあげるから！」

そう言って教室を飛び出したはるるに、あたしとイブちゃんも続く。

実在する【開かずの部室】って、どういうことなんだろう？

それからあたしたち三人は教室を出て、部室棟に向かう……あれ？　三人？

「ん？　冬子はどこに行ったの？」

「さっきウチがナチュラルに呼び忘れたら、拗(す)ねてついてこなかったっぽい。ウケる」

「度重なる『フユ虐』の結果、本当に冬子(ふゆこ)が傷ついてしまった……」

冬子は意外と繊細なのだ。仕方ないなあ、後で頭を撫(な)でてあげよう。

「まあ、フユも『開かずの部室』のことは知っているから、別にいいやって感じなのかもしれないし？　ほら見て、あそこ」

一階の屋外渡り廊下、あたしたちはそこから部室棟を眺める。

はるるが指差す先は、部室棟の三階。主に文化系の部活が利用しているフロアだ。

「何の変哲もない、部室の窓ですね。あれがどうかしましたか、先輩？」

イブちゃんの言う通りだ。特に変わった様子はない。

ところがはるるは、わざとらしく人差し指を立てて横に振る。

「ふふふ。そう思うっしょー？　でも違うの。あそこには部屋が無いのだ！」

「飾り窓っていうこと？　実用性の無い、デザインの一部として組み込まれているやつ」

建物の外壁についているどこにも繋(つな)がらない階段とか、内外から開けられないのに何故(なぜ)か存在するドアとか。ああいうのは、トマソンって呼ぶんだっけ。

「なるほど。では投石をして窓ガラスを破壊し、屋上から外壁を伝って侵入しましょう」

「あたしたちの後輩、女子高生じゃなくてスパイだった？　確かにその方が部屋の有無も含めて確かめられるけど」

「いやー、イブたんはいい着眼点をしているね！　ウチも一年生の頃、野球ボールを全力でぶつけてあの窓をぶち壊そうとしたことあるけど」

「あれ？　逆にあたしがおかしいのかな？　破壊がスタンダードなの？」

「手に入らないなら、ぶっ壊す主義だからね、ウチは」

「分かります。他人の手に渡るくらいなら、自らの手で愛を終わらせたいですよね」

「あんたら、生涯恋愛禁止ね。マジで」

うん、やっぱり冬子は連れてくるべきだったかもしれない……。

改めて窓を見つめてみると、曇ったガラスの裏には何やら木の板が打ち付けられているのが外からでも分かった。

「まるで封印されているみたい……」

「事故物件ならぬ、事故部屋かもしれないですね。死体があるとか」

「こ、怖いこと言わないでよ、イブちゃん！　ていうか、ここで考えても仕方ないし、あの窓の近くにある部室に行ってみようよ」

あたしたちは渡り廊下から部室棟に入り、階段を上る。

一階はグラウンドに接しているからか、体育会系の部室が多く、彼らにとって更衣室のようになっているみたいで、二階からは軽音楽部や文芸部などの部室が増えてくる。あ、ミステリ研究会とかちょっと面白そう。

「ここが例の窓の隣にある部室、だよね」

三階の部室は殆ど使われておらず、この部屋もそうだった。

戸には『総合アート部』という、珍しい部活名が掲げられている。

戸を引くと、鍵はかかっていないようだった。

「ここ……勝手に入っていいのかな?」

「どうします? 中でヤンキーがタバコを吸っていたら。先輩、いくら持っています?」

「最悪の想定からの備えが早すぎるでしょ。そしてカツアゲされるお金を先輩から借りようとしないで? 無いなら無いで済むでしょ」

「ウチとしてはカップルが全裸で交尾していそうで怖いかな。いっそ混ざる?」

「混ざるわけがないでしょ!? でも、そうか……こういう所に男子を連れ込めば、学校の中でもラブコメ的な密室シチュが……うん、うん」

「はいはい。空き教室に気になる男子を連れ込む妄想やめなー? 入るよー」

ガラガラと、戸を引く音であたしは現実に引き戻される。

部室棟の三階は人気が少ない。覚えておかなきゃ……!

「うん、ここは使われていない感じだね。ガラクタ置き場かも」

はるるの言う通りだ。総合アート部を冠するだけあって、美術室に良く似た構造の室内には、油絵や謎の彫刻、写真や良く分からないフィルムなどが散乱している。

「埃(ほこり)も酷(ひど)いね。長時間居たら、喉と鼻がおかしくなりそう」

「それなら渚(なぎさ)、僕のハンカチを使うといいよ。具合が悪くなったら大変だからね」

「ありがとう、冬子(ふゆこ)……冬子⁉　あんた、いつの間に合流していたの？　よくここが分かったね」

あたしの横に立つ王子様系女子は、爽やかな笑顔と共にあたしの上履きを指差す。

「GPS、埋め込んであるからね。制服には盗聴器も縫い付けてあるから、どこに居ても僕が君を守るよ。この命に代えてもね」

「すごくいい顔と声でストーカー行為を告白されて、頭バグっちゃいそう」

明日制服一式を買い替えることを決意して、冬子を交えた四人で部室を探索する。

窓を開けると分かる。確かに外から見たあの窓は、この部屋のものじゃない。

だけどこれより先に部室は無い。廊下の突き当りにあるのが、この部屋だ。

「これ以上の探索は無駄ですね。引き返しますか？」

ある程度部屋を漁(あさ)って、何の成果も得られなかったこともあり、イブちゃんは少しガッカリした声音であたしたちに尋ねる。冬子もはるるも同じような感じだ。

だけどあたしは、どうしても一つだけ気になることがあった。

「キャンバスって、こんな大きなサイズの物もあるのかな？」

部室の左奥、そこに掛けられている絵に違和感を覚える。

大きな額縁に収められた絵画の模作。その作品には、見覚えがあった。

「これ、『マドンナ』だよね。エドヴァルド・ムンクの代表作だったはずだけど、どうしてこの絵なのかな？」

「ああ。渚が休み時間に読んでいた、付箋だらけの本に載っていたやつだね」

「勉強の成果が出て良かったね、ナギ！　探偵が美術品の名前とか言い当てるシーン、格好いいから真似出来て嬉しいね、ナギ！」

「黙れバカたち！　ちゃ、ちゃんと知識になったんだからいいでしょ！」

あたしは最近、知識を蓄えるために学業の傍らに様々な本を読んでいる。

その中の一冊、世界の有名絵画を紹介する本で見たばかりだ。

描かれている半裸の女性については諸説あって、聖母マリアだとか、単に愛人だとか、あるいはその二つの側面を備えた理想の女性像だとも。

ていうかこの絵だけ、やけに状態がいい。埃も全く被ってない。

「……そっか！　絵自体は、何でも良かったんだよ、これ」

あたしは絵に触れて、それを軽く押してみる。

やっぱりそうだ。あたしたちが額縁だと思っていたこれは、そうじゃない。

理科室や家庭科室のような、授業で使う教室には必ず併設されている場所。

「この絵で準備室への入り口を、隠していたんだ」

ギィ、という音を鳴らしながら絵画が……扉が、奥の空間へと開け放たれる。

「なるほど。ドアのフレームそのものを、額縁として使ったのか。流石は総合アート部だ」

冬子は感心しながら、誰よりも先に準備室へと入っていく。何かがあった時にあたしたちを守るためかもしれない。やっぱりイケメンすぎる。

「中は意外と普通だ？　寧ろ、綺麗な感じかも」

準備室は整頓されており、隣の部室よりも乱雑なイメージは無い。

棚には画材や資料があるけど、流石に死体は無かった。

「誰かが出入りしている痕跡はあるよ。ほら、あれ」

はるるが指差す先、部屋の最奥には作業机があった。

その上には筆や彫刻刀を始めとした、様々な道具が並べられている。

でも、それだけじゃない。

「……人の腕だ、これ。僕の腕と同じくらいの細さと、肌の感じだ」

「ねえ、横には指とか目玉もあるよ!?　これさっき、ナギがぶちまけたやつだよ！」

「先輩方、これを見てください。歯です。気持ち悪いくらい精巧ですよ。記念に一本持ち帰って、嫌いな奴の上履きに仕込みましょう。きっと阿鼻叫喚ですよ。くふふ……」

三者三様、あたし以外のみんなが戸惑った様子で（一人は楽しんでいるけど）、机上の人体パーツを手に取って観察する。

「お、落ち着いて、三人とも。結局はどれも作り物で、所詮は工作みたいなもの――」

「あーあ。見られたからには、全員生きて返すわけにはいかないなあ」

準備室の入り口に、女の子が立っていた。

赤い血に塗れたエプロンを着用して、手にはナイフのような刃物を持っている。

「切って、並べて、腐らせて……君たちも、私のコレクションにしてあげよう！」

そのスプラッタな見た目の女子に、あたしたちの呼吸が止まる。

だけど、非現実すぎて誰も悲鳴を上げない。蛇に睨（にら）まれた蛙（かえる）のように固まるだけ。

そんなあたしたちの反応を見て、その女子は。

「……いや、誰か突っ込んでくれないか？　ホラー映画のシリアルキラーみたいな台詞（せりふ）を言ってみたものの、無反応だと流石（さすが）に恥ずかしいのだが！　わはは！」

困ったように笑いながら、手元のナイフを指でなぞる。

「これ、工作用のデザインナイフだし。エプロンの赤色は塗料だし。君のような名探偵なら、すぐに見抜けたはずじゃないかな？　夏凪（なつなぎ）ちゃん」

あたしの名前を知っている……？　一瞬、解きかけた警戒を更に強めるけど、すぐにそれがイブちゃんのように、《探偵代行》として校内の事件を解決に導いた、あたしを褒める言葉だったと気付いた。そして、彼女が誰なのかも何となく思い出す。

「あれ……？　誰かと思ったら、隣のクラスの冷泉さん？」

「その通り！　夏凪ちゃん、名前を覚えていてくれて光栄だよ。私のような女に対して脳のリソースを十六バイトも割いてくれるとは！」

「自分の名前をバイト数に換算する女子、今後の人生で一生忘れないと思う……」

彼女は冷泉カリン。あたしが彼女を覚えていたのは、良くも悪くも有名人だからだ。

　遅刻と無断欠席の常習犯で、養護教諭や化学部員でもないのに、常に制服の上に白衣を着ている変わり者。ちなみに暦先生は白衣キャラが被っているということで、冷泉さんを危険生徒と認識していた。大人気がなさすぎる。

「ところで夏凪ちゃんたちはどうしてここに？　まさか、私の実験を止めに来たとか！」

「サイコキャラはそろそろ諦めない？　や、別にそういうわけじゃなくて……」

あたしたちは【開かずの部室】のことを冷泉さんに語った。

「なるほど。この部屋には何か大きな秘密があるんじゃないかと、探偵らしく調査をしていたわけだね？　残念ながらここは私の隠れ家なのだ！」

「隠れ家？」

「美術部でこの『総合アート部』の鍵を手に入れてね。以来、私は芸術活動をここで行っているのさ。今日は偶然、施錠を忘れて侵入されてしまったけど。さて、と」

冷泉さんは話を終わらせるようにして、あたしたちに退室を促す。

「謎は解けただろう？　こんな埃っぽい部屋に、美人が四人も居たら勿体ない。君たちは教室でキラキラと青春をすべきだ！　さあさあ！」

「謎は、まだ解けてないよ」

確かに、『開かずの部室』については答えが見つかったけど。

目の前に大きな謎がもう一つ生まれた。だったら、あたしはそれを無視できない。

「冷泉さん。あなたは何で、この部屋で人の目や歯を作っているの？　あたしはその答えが知りたい」

「ほほう？　今時の名探偵は、謎解きをせずに直接答えを尋ねるのが流行りなのかな？　トリックを推理していくパターンとか？　知っているぞ、新本格ってやつだ！」

はぐらかすということは、答えたくないわけだ。そして、答えられない理由がある。

それを解き明かすことなく去るのは、《名探偵》の名折れだ。

「だったら……冷泉さんに見せてあげる。古典ミステリ小説も真っ青な、《名探偵》夏凪渚の華麗な推理と答えを！」

息巻くあたしに、冷泉さんは不敵な笑みを返す。

「それなら、勝負をしようではないか。夏凪ちゃんが答えにたどり着けたら、私は全てを語る。逆にもしその推理が的外れなら、全裸を見せて欲しい！　フルヌゥード！」

「望むところ……は？　え？　ぜ、全裸!?　な、何で!?」

「見ての通り、私は人体パーツを作っている途中でね。参考資料が欲しいのさ。自分の裸体を鏡で見ながら制作をするのは滑稽だからね」

「ぬ、ヌードモデルになれってこと……？　そんな興奮する……恥ずかしいこと、絶対に無理だから！」

「ん？　何かドMな欲望が一瞬だけ漏れ出さなかった？　無理ならいいとも。はい、この話は終わりです。閉店ガラガラ」

プライドと羞恥と、ほんの少しの欲望があたしの心の中で殴り合いをする。

そしてその結果、勝ったのは。

「分かった！　この勝負、受けて立ってあげる！　あたしが負けたら身体の膨らんでいる部分やへこんでいる部分、全部見せてあげるし触らせてあげようじゃない！」

「……いや、触る必要は無いんだが？」

「やってしまった……どうしてあたしは、いつも挑発に乗っちゃうのかな……」

部室を出て、あたしたち四人は中庭のベンチで小休憩をしていた。

流石に教室に戻って文化祭の準備を手伝う気にはなれない。

「あはは。ウチとしてはナギとのいつもの日常が帰ってきて、すごく楽しいけどね！　ナギがヌードモデルかー。後で一眼レフをポチっておかなきゃ」

「あたしが謎解きに失敗する前提で話を進めないで？　ね、ねえ？　冬子（ふゆこ）？」

「渚（なぎさ）。これから君は人生で、多くの挫折を味わうと思う。だから最初の挫折を、ここで経験するのも素敵だと思うよ。負けちゃっても、いいんだよ？　むしろ負けて？」

「このバカたち、あたしの全裸を見ることを楽しみにしている……！　そもそも見せたじゃん！　夏休み前のお泊まり会で、お風呂に入ったじゃん！」

あれはあれですごく恥ずかしかった。友達相手であれなのに、学校で、しかもそれほど仲良くない相手の前で一糸纏（まと）わぬ姿なんて。そんなの、まるで。

「いいじゃないですか、渚先輩。ヌードモデルが発情するのは、アダルトなアレではテンプレシチュエーションですよ。人生経験を増やすのに役立ちます」

「増えるのは黒歴史なんだけど？　そしてイブちゃんもそっち側なのね……」

「私も先輩のエロボディ、見てみたいですから。可愛（かわい）い後輩の為（ため）に一肌脱いでください。その柔らかな人肌を見せてください。どやあ」

「上手（うま）いこと言ってやった、みたいな顔と擬音を口にしないで？　それにイブちゃんの記憶と人探しもあるのに、こんな寄り道までしちゃって」

「それはいいですよ、別に。私の人探しは一切の手掛かりが無いですから。こういう謎に没入していれば、記憶も蘇(よみがえ)るかもしれません。それに……」

イブちゃんはほんの少しだけ、言葉に詰まってから話を続けた。

「私が探している人も、普通じゃない気がしますから。類は友を呼ぶという言葉があるように、変な人と交流していくうちに何か分かるかもしれません」

「そっか。それならいいけど。でも……」

あたしは缶のミルクティーを一口啜(すす)りながら、思考する。

「冷泉(れいぜい)さんはどうして、人体の一部を作り続けているのかな」

あの部屋にあったのは目だけじゃない。腕、指、そして歯。

肩から下の部位は無い。まだ製作途中なのかもしれない。あるいは、不要なのか。

「美術部という性質上、何を作っていても不思議じゃないよね。人体を模した芸術品とかさ。でも、僕が考えるにそれはそれで却(かえ)ってチープな気もするね」

「ウチもフユに同意かな。芸術品とかじゃなくて、別の目的がある感じ。あんな部屋に籠って作業している時点で、人に見られたくないものだと思う」

「どこかで発表する類の制作では無さそうですね。趣味にしても不可解です。教室にばら撒(ま)かれた目玉は、百個以上ありましたから」

みんなの意見を聞けば聞くほど、答えが遠ざかっていく感覚。

あたしはまだ、《名探偵》になったばかりで、経験も知識もゼロに等しい。

それでも何故だか分かる。まだまだ謎がベールに包まれていることが。きっと冷泉さんに対する理解も、観察も、全然足りていないからかもしれない。

「よし、まずは形から入ってみよう。この後夜くらいまで、暇な人ー？」

あたしの問いに、三人は揃って首を横に振る。

「え？　全員ダメなの？　なんで？　誰もあたしと一緒に居たくないの？　久々の登校なのに？　と……友達だと思っていたの、あたしだけ、なのかな……あ、う、ううっ」

「うわ！　渚が今にも号泣しそう！　いや、これにはワケがあってさ」

「ご、ごめんって。ウチらちょっと、色々準備っていうかやることがあって」

「そうですよ。私たちはこれからちょっと、こすぷごごごっ！」

イブちゃんが何かを言いかけて、冬子とはるるが全力で口を塞ぐ。

そりゃあ、あたしたちは女子高生だし？　友達付き合い以外にも、多忙だと思う。

それこそあたしも、二人と一緒に夏休みを過ごせなかったから。それでも。

復学初日くらいは夜まで一緒に遊びたかったけど……無理なものは仕方ない、よね。

「うん、分かった。今から全力で泣き喚いて、地面を転がりながら三人を引き留めようと思ったけど、止めておくね」

「女子高生の恥や外聞を捨ててまで、僕らを引き留めようとしていたの!?」

「うん、本気だけど？　でもどうしよう。一人くらいは暇人が居ると思ったのに……」

「お困りでしたら私が付き合いますわよ、夏凪さん！」

微糖の缶コーヒーを片手に、あたしたちの前に現れたのは暦先生だ。

「暦先生、いいんですか？　お仕事とかあるはずじゃ」

「大丈夫ですわ。今日は定時に上がれると思うので。それにたまにはこうして出番を増やさないと、『春夏冬』のリーダーとして失格ですから」

「急に明かされる新事実！　先生があたしたちのリーダーだったんですか!?」

「はい。名付け親ですし、『暦』ですから。四季を司る存在ですから。うふふ」

確かにそう言われてみれば、組織のボスっぽいけども。

でもこれはこれでありかも。暦先生が力になってくれるなら、すごく助かる。

「ありがとうございます、先生！　じゃあ、お願いしてもいいですか？」

「もちろんですわ！　それで、私は何のお手伝いをしましょうか？」

「えっと、人目につかない場所が必要で。だから暦先生、あたしの家に来てくれますか？先生と二人きりなら、どこでも大丈夫ですけど」

「……え？　だ、だめじゃないです！　でもその、何かこう！　可愛い生徒に上目遣いでお願いされると、背徳感的なアレがあるというか！」

「は、背徳的ですか？　ありますか？」

「ありますでしょうが！　生徒と一線を越え、しかもお家にお邪魔をするだなんて、もうそれは……PTA的なものが許しませんから、きっと！　ですが、ですが！」

暦先生は深呼吸をしてから、あたしの目を見つめる。

「可愛い教え子のためなら、課外授業をいくらでもしましょう！」

「あんなに舞い上がってしまっていた私、とても滑稽でしたね？」

少し前のこと。

暦先生と共に帰宅したあたしは、先生にあるものを渡した。

そして、「それ」に着替えて欲しいと依頼すると、暦先生は混乱しながらも着てくれて、あたしの部屋でポーズを取っている。

「まさか写真のモデルになって欲しいだけだったとは……ああ、もう恥ずかしい。てっきり私は夏凪さんが、禁断の好意を向けてくれたのかと思ってですね」

「暦先生、次は椅子に座ってくださいね。両手を頭の後ろで組んで、脇見せてください」

「話を聞きませんか!?　あのですね、夏凪さん。こういうのは相手を勘違いさせてしまうからダメです。これが白浜さん相手なら、もう今頃すごいことになっていますよ？」

暦先生は何やら良く分からない説教をしながらも、椅子に座ってポーズをしてくれる。

いつもの白衣姿もいいけど、これはこれですごくいい。エロい。

「やっぱり……暦先生ってすごくスタイルいい！　水着が絶対に似合うと思いました！」

今の暦先生は黒いビキニを着て、美しい身体を曝け出している。

「褒められると悪い気はしませんね。どうです？　私、あまり体に傷跡とかが無くてちょっとした自慢なんですよ。過去に全身複雑骨折を経験したくらいでして」

「や、それはそれで壮絶な経験なんですけど。トラックにでも撥ねられました……？」

あたしは写真を撮りながら、暦先生の過去を思う。

この人はきっと、《女子高生》としてのあたしじゃなくて、本来の意味で《名探偵》としてのあたしが活躍する世界の中で生きてきた人だ。

まだ子供のあたしなんかより、色んなことを知って、色んな経験をしてきたと思う。

「夏凪さん。あなたは最近、どんな日々を過ごしていましたか？」

そんな暦先生に聞かれて、あたしは四人に見送られて《彼》と会った日から、今日までの出来事を回想する。

「……色々ありました、すごくたくさんのことが。例えば――」

あたしは、《彼》と出会って新しい物語を始めた。

病室と学校、その二つの世界しか知らなかったあたしにとって、外の世界で起きる出来事は全てが驚きに満ちていた。

青春を漠然と過ごしていたら、決して知り得なかったことばかり。

冬子とはるるが、『親友』だとしたら……《彼》と共に過ごした日々で知り合い、運命を共にしたあの子たちは友達であり、『仲間』なのだと思う。

「最初は、怖いこともいっぱいありました。本当に何も知らないあたしには、刺激が強すぎたくらい」

世界を脅かす存在。世界を守る存在。

今振り返っても、信じられないことばかり。笑っちゃうくらい。

隣でいつも堂々としている（ように見えただけかもしれないけど）《彼》と違って、あたしはいつもどこか部外者のような感覚だったけど。

あたしに宿っていた心臓と、それを託してくれた、先代の《名探偵》。

そして今のあたしを生かしてくれる、『あの子』が遺してくれた心臓。

知れば知るほど、あたしは物語の外側に居られなくなった。

「気付けば、守りたいものがいっぱい出来ました。みんなに守ってもらったから、今度はあたしがあたしに出来ることを……出来る限りのことを、したい」

「素敵なことだと思います。それが今の夏凪さんの……これからの目標、なのですね」

「はい！　もちろん、それだけじゃなくて青春もしたいです！　だからあたしは、どっちの世界も大事にする。そう決めたんです」

どちらか一つじゃなくて、どちらも守り、精一杯楽しむ。

それがあたしの生き方。あたしが願っていた、欲しかった毎日だと思うから。

「友達は、ずっと大事にしましょう」

暦先生は椅子から立ち上がって、水着を脱いで下着に着替え始める。

思わぬサービスシーンにあたしは慌てて目を逸らすけど、暦先生は気にせず話を続けた。

「私は高校時代に、二人の友達と出会えて幸せでした。そのうちの一人とは今でも関係が続いていて、同じ仕事をしている。思えば奇跡のような確率ですよね」

「先生たちの関係……ちょっとだけ似ていますよね、あたしたち春夏冬トリオと」

「ふふっ、そうですわね。人との出会いは全て奇跡なのだと、そう思います」

暦先生は遠い過去を思い出すように、語り続ける。

「大人になっても一緒に居られる関係って、すごく幸せですから。蓬とは未だに安い居酒屋で朝までバカ笑いをしたりします。互いに迷惑をかけることもしょっちゅうです」

「でも、それが友達っていうことですよね」

「ええ。色んなものを与えて、貰って。肯定して、否定して。それの繰り返しです。夏凪さんたちもそうなることを、心から願っていますよ。ところで……」

着替えを終えて、暦先生はあたしの手に持ったスマホを指差す。

「私の写真を撮って、何か分かりましたか？　それ絶対流出させないでくださいね？　個人で楽しむ分には……ちょ、ちょっとだけなら許容しちゃいます」

「何で顔を赤らめるんですか……？　でも、おかげでいい資料が出来ました。今晩この写真を見ながら、色々推理してみることにします！」

「いっぱい観察をして、そこにある真実を見つけてください。あなたならきっと出来ますよ、夏凪さん」


「うぅ、結局何も分からなかったぁ……」

翌日、朝。結局殆ど寝ずに資料、もとい暦先生の身体と向き合ってみたけど、冷泉さんがどうして人体パーツを作っているのかは、全く推理が出来なかった。

「おはよう、渚。何だか眠そうだね」

今朝はあたしが寝坊しかけたせいで、一緒に登校出来なかった冬子が席にやってくる。

「冬子ぉ……おはよぉ」

「昨日は結局、暦先生と何をしていたの？　教えて欲しいな」

「あたしの部屋で水着姿になってもらって、撮影会していたの……ふぁ～あ」

「え。何それ羨ましい。羨ましすぎて全部の歯茎から血が出そう」

「え、こわっ……ちなみに三人は何をしていたの？　イブちゃんと一緒にどこに」

「おはよー！　ナギ！　はいこれ、クランチチョコあげる！　深い意味はないよ！」

はるるは席にやってくるや否や、机の上に大きな缶を置いてくれる。

うん、これどう見てもあれだ。某テーマパーク定番のお土産。

「え？　まさか三人で……行ったの？　夢の国」

「なはは！　女と遊園地は夕方六時を過ぎてから輝くのだ！」

「ちょっと待って泣きそう。あたし昨日、友達を大事にしようって誓ったばっかりなのにその友達に裏切られるとかある？　みんな忙しいって言ってたじゃん！」

「このクランチチョコには友情がバリバリと壊れたという意味を込めているよ、ナギ」

「お土産のチョイスまで嫌味すぎる！　って……よくみたらこれ、駅前にあるグッズ専門店のシールついているし。あー、もう。心臓に悪いなぁ」

あたしは遠慮なく、缶から一つ取り出してチョコを齧る。うん、甘くておいしい。

「別の店で目玉グミも売っていたから、そっちを買おうか悩んでいたよ。でも渚は色々頑張っているから、ちゃんとおいしいものにしようって僕が諭した」

「ありがとう、冬子。そういえば冷泉さんが作った目玉、何個か貰っておいたけどちゃんと観察してないや」

あたしはスクールバッグから例の目玉を四個ほど取り出してみる。

見れば見るほど、完成度が高いのがまた不気味。でも、よく見ると個体差がある。瞳孔の大きさとか、白目の濃淡がちょっと違う。何のこだわりだろう、これ。

「これはきっと、あたしの頭の中には答えが無い。だって、知らないことだらけだから」

数学やパズルゲームみたいに、長時間思考すれば見つけられる答えもある。

だけど、あたしは学んだ。《探偵代行》をして、新しい仲間と日々を過ごして。

人が作る謎。それは時に、正しいロジックだけで組まれているものじゃない。

その人のことを知って、その人と向き合って、その隙間に垣間(かいま)見えるものだってある。

「決めた。やっぱり、ちゃんと向き合わなきゃダメだ」

あたしは椅子の上や、ベッドの上で情報を整理して答えを見つける探偵じゃない。

どちらかといえばそれは、先代の《名探偵》がそうだった。

あたしはあたしなりに、自分の探偵術を見つけていけばいい。

「放課後、ちょっと殴り込みに行ってくる！」


「夏凪(なつなぎ)ちゃん。探偵っていうのは、人のプライバシーを侵害するのが仕事なのかね？」

授業を終え、真っ先に向かった先は総合アート部の部室だった。

準備室では昨日と同じ格好で、冷泉(れいぜい)さんが作業を始めようとしていたけど。

「そうね。創作上の探偵はもっとスタイリッシュで格好(かっこ)いいけど、あたしは現代的なの。

答えを知るためならゴミ箱だって漁(あさ)るし、泥まみれになってもいい」

「いいね。そういう一生懸命な感じは大好きだ！　私の工房にやってきたのも、そういう理由かな？」

「ごめんね、冷泉さん。だけど放課後……ううん、一時間だけでもいい。それであたしが謎を解けなかったら、明日ここで全裸になる。それくらいの覚悟が、あたしにはあるよ」

あたしが啖呵を切っても、まだ冷泉さんは不満げだったけど。

「……よし、分かった！　夏凪ちゃんの好きにすればよろしい！」

何を言ってもあたしが諦めない気配を感じたのか、冷泉さんは許してくれた。

「うん！　だけど話はしてもいいよね？　あたし、冷泉さんのこといっぱい知りたい！」

「なるほど！　君は結構人タラシだ？　そういうことばっかり言って、男女問わず勘違いさせて修羅場を作っても知らないぞ」

思ったことを素直に口に出しているだけで、そんなことになるかなあ？

特に同性は大丈夫だと思う。冬子以外なら。異性には……いつまでも鈍感なフリをされるくらいなら、ちゃんと勘違いして迫ってきて欲しいくらいだけど。

典型的なヘタレのチキンだからなあ、あいつ。

「まあ、それはいいとして。冷泉さんは昔から美術部なの？」

「うむ。私は一年生の頃から、美術部のエースとして期待されていたのだよ。私の世代は黄金世代というやつでね。将来有望な同期に囲まれて、楽しくやっていたさ」

「友達はいる、と。他の部員はここで冷泉さんが作業をしているの、知っているの？」

「いいや。昔はここで一緒に作業をする子も居たけど、今では疎遠さ。美術部の三年生は秋の審査会に作品を出したら、それで引退だから」

つまりこれは、美術部での創作活動には関係ない、と。

昼休みに心愛ちゃんに聞いたところ、造花の製作は二年生の美術部員に依頼したものだそうだ。三年生はそれにも関与していない。

「ヌードモデルのこともあるし、冷泉さんは人の身体に興味があるの？　あたし、昨日暦先生の水着姿をたくさん撮ってさ」

「え。それ教育委員会的にオッケーなやつ？」

「多分？　でも、何も分からなかった。あたしには創作意欲が湧かなかった。形から入って少しでも、冷泉さんに共感出来るところが見つかれば……って、思っていたんだけど」

あたしの言葉に、冷泉さんは右手に持っていた筆を置き、作業を止めて小さく息を吐く。

「分からないさ、きっと。私のこれは盛大な独りよがりでしかないからね。純粋な創作というのはどこまでいっても自己満足で、自慰行為に近いものだ」

現実が嫌。現実を変えたい。満たされない。満たして欲しい。

夢を叶えたい。叶わないなら、それに近いことをしたい。

「そういう諦めに近い感情を込めて、作品を仕上げる。中にはその自己満足を上手く昇華して、プロに至る人も居るだろう」

「冷泉さんはプロになろうとか、そういうことは思わないの？　例えばほら、そういうのを作るのが得意なら造型士？　とかあるよね」

「ノンノン。私は三流だからね。確かに他の人よりはセンスがある。だけどこの創作は、私の心を満たすだけだ。いや……それよりも、もっと醜悪かもしれない」

あたしは今までの人生で、何かを作ろうと思ったことはない。

だけど、何者かになりたいと願ったことは何度もある。現実を生きるあたしが空虚に思えて、大切な友達と共に過ごす日々の中でも、強い寂寥感があった。

創作者、芸術家と呼ばれる人たちも……あたしと似たような気持ちを抱きながら、それを作品にぶつけているのかな。

「冷泉さん。この部屋、少し観察してもいい？　物を壊したらお金で解決するから」

「金じゃなくて謝罪で解決しよう？　君、知らないだけで成金キャラ属性ある？」

あたしのボケに即座に突っ込んでくれる、この感じ。

ちょっとだけ、冷泉さんに冬子とはるるの影が重なって、何となく仲良くなったような気分になる。距離、少しは縮まったかな？

「この部屋にある物って、冷泉さんの私物なの？」

「……ここにあるのは、殆ど私が持ち込んだ物だ」

丁寧にスタンドに立てられた、エレキギター。普通のギターを反転させたようなデザインが特徴的で、インテリアにありそう。芸術家が好みそうなデザインだ。

棚に放置されたままの化粧品。もしかしたら、肌に合わなかったのかも？

折りたたまれた制服は、もしかしたら作業で汚れてしまった時の着替えかな。

作業机の近くにあるスマホは、可愛いピンク色のケースに入っているのに、画面がひび割れていて何だかちぐはぐだ。

「ふふっ。確かに、どれも冷泉さんっぽいかも」

「どうだろうね。私物ごときで人となりを見極めるのは、案外難しいものだよ。まあ、ある程度人物像を連想させるのは否定しないが」

苦笑して、冷泉さんは壁に掛けられた時計を見つめる。

「悪いね、夏凪ちゃん。そろそろ日が暮れる頃だ。ここから先は楽しい雑談の時間ではなく、私の創作の時間にしたいのだが、構わないかな？」

「うん、ごめんね。お邪魔しちゃって」

「いいとも。芸術家は孤独なものだが、時々は誰かと時間を共有するのも大切さ。それで、答えは出たのかな？　それとも、全裸になってもらえるかね？」

「うーん……その解決編は明日の放課後にしない？　だってここから先は、冷泉さんの創作の時間、でしょ？」

あたしの言葉に、冷泉さんは一瞬虚を突かれたような顔になるけど、すぐに笑い返す。自分から口にした言葉を反故にするタイプじゃないみたいだ。

「それじゃあ明日、同じ時間に来てくれたまえ。私も機材を大量に用意しておこう！」

「残念だったね、冷泉さん。あたしは決めているの。全裸を見たいって頼まれた時に見せる相手は……大切な二人の親友と、好きな男の子だけだ、ってね！」

「普通は親友相手にも裸は見せないと思うぞ!?」

そんな正しすぎるツッコミを浴びて、あたしは総合アート部を後にする。

スマホを取り出すと、冬子から連絡が来ていた。そのメッセージを確認してから、あたしは歩き出す。冷泉さんがしようとしていることを、再確認しながら。

やっぱり、そうだった。

「間違いなく冷泉さんは、誰かを作ろうとしている。あの部室の中で」

あたしが向かった先は、学校の音楽室だ。

ここにはちょっとだけ因縁があるけど、それはもう過ぎ去った日のことだ。

今のあたしがどうしてここに来たのかというと。

「では改めて。冬子先輩がベース、はるる先輩がドラム、私がギターの編成ですね。今日から文化祭までの間に、演奏を仕上げていきましょう。えい、えい、おー」

イブちゃんの口からバンド発足宣言がされ、冬子とはるるも「おー！」と拳を突き上げる。二人はそれぞれ楽器を持っていて、すごく似合っている。けどね。

「あたしは⁉　最初はバニー姿でギター演奏とか、赤いギター持って敬語口調とか、色んな役割無かったっけ⁉」

「ありましたけど、やりたくないって仰っていたので……私は先輩思いなので無理強いをしません。まさに配慮の塊のような後輩です。これにて丸く収まりましたね？」

「いや、むしろ角が立っているんだけどね？　や、やりたくないわけじゃないから……だって一人ぼっちは寂しい……」

「渚は可愛いなあ！」

「ナギは可愛いなあ！」

バカたちがあたしに前後から抱き着いてきて、頭を全力で撫でてくれる。

悔しいけど、ちょっと嬉しい。二人がやるならあたしも絶対一緒にやりたい。

「ほら、イブちゃんも。渚のそれなりのお胸に飛び込むチャンスだよ」

冬子があたしの胸を絶妙にディスったのは後で怒るとして。

イブちゃんはちょっと戸惑った様子で、あたしたちのことを見ている。

「いや……ちょっと。百合営業はレコード会社からＮＧ出ているので。男をガンガン襲っちゃう肉食ギャルＪＫ路線でいこうと、この前決まったばかりです」

「そのレコード会社、今すぐ辞めた方がいいし潰れるべきだと思うよ」

見た目と方向性が百八十度どころか、二次元と三次元レベルで違うから。

ミステリアスなシンガー路線の方が絶対売れる。あたしがプロデュースする。プロデューサーさんになる。知り合いにアイドルが居るからコネも使える。最強では？

「バンドマンがハグしていいのは、ステージ上でカーテンコールをする時だけです。今後は私語と肉体的接触を禁止します。私がリーダーなので全員敬語を使うように」

「あ、これ方向性と待遇の違いで解散するやつだ。そ、それよりリーダー？　あたしにもバンド内での役割が欲しいかなー？　なんて」

「いいでしょう。手拍子とか出来ます？」

「オーディエンスに求める役割じゃん！　間違ってステージに上がっちゃったキツいファンみたいな構図になっちゃう！　そもそも、残っているパートは一つだけだし！」

部屋の真ん中に置かれたマイクスタンドを握って、あたしはイブちゃんに示す。

青春を歌うなら、青春に憧れた女子が相応しいはず。

あたしは、そう思う。

「夏凪渚、ボーカリスト。女子高生の思いを……全力で叫ぶから！」

うん、決まった。バンド結成のワンシーンっぽくて、すごくいい。

だけどイブちゃんだけじゃなく、冬子とはるるも微妙そうな顔をしている。

え？　何で？　キレそう……キレていい？

「渚がボーカリストかぁ。一緒にカラオケ行ったことあるけど、何ていうか……」

「良くも悪くも丁寧だよねー。血管が破れそうなシャウトもしないし、優等生すぎるっていうか。ウルトラでアイアンなソウルが足りない」

「せめて前科があれば、非常にロックでいいのですが。何かありますか、渚先輩？　いっそ好きな男子を友達から寝取ったとか、そういう類の罪でもいいですよ」

「じゃあ、今ここで罪を作ろっか！　あんたら全員を一発ずつ殴るとかでさ！」

ロックへの偏見も酷いし、音楽好きに一度怒られた方がいいでしょ。

「まあ、ロックの定義はさておいて。実は昨日、渚が暦先生を部屋に連れ込んでいる間に、真剣に三人でバンドについても話し合っていたのさ」

「ナギにボーカルをやってもらえたら、すごく嬉しいよね。って！」

「二人の熱い説得を受けて、私も承諾しました。その後、この寸劇を真夜中まで練習して……いい時間でしたね」

「いや、寸劇の練習じゃなくてバンドの練習をしたら？　でも……ありがとう」

あたしはスタンドからマイクを引き抜いて、スイッチをオンにする。

「今日から四人でバンド練習、頑張っていこうー!!」

日が落ちた音楽室に、あたしの声が響き渡る。

早速練習が始まるのかと、そう思っていたら。

「ではデモ音源を渡しておくので、各自練習しておくように。お疲れ様です」

イブちゃん、もといイブリーダーはUSBメモリを私たちに渡して帰ろうとする。

「ドライすぎない!?　せめてもう少しお話とかしようよ！」

「馴れ合いは不要です。私たちはいずれ解散し、敵同士になる可能性もありますから。バンドシーンはいつだって戦場なのです」

「解散したら別に音楽は続けないけど……」

「それに、渚先輩は他にやることがあるでしょう？　例の美術部の件、解決したんですか？　今日は一人で向かったようですが」

「そうだ。みんなに聞いて欲しいの。あたしの……あたしが一人で組み上げた推理を」

そして、あたしは語る。

冷泉さんが目玉を作った理由と、その創作活動の果てに渇望したものの正体を。

最初から最後まで、みんなは黙ってあたしの推理を聞いてくれた。

「……これが、あたしの考え。冷泉さんと話して、見出した事。三人はどう思う？」

冬子たちは顔を見合わせて、無言で頷き合う。

「いや、正直驚いたよ。こんな僅かな時間で、それなりの答えを見つけてしまう渚に。一緒に《探偵代行》をしていた時とは別人みたいだ」

「ねー！　ウチもナギは二人居るんじゃないかって思っちゃった！　髪の長いナギと、短いナギ。実は別人説あるね、これ！　渚Aと渚Bが居るレベル！」

「私も否定はしないです。思えばヒントだらけだったのに、私たちは多くのことを見落としていたみたいですね」

みんなに褒められて、あたしは思わず顔が緩んでしまいそうになる。

だめだめ。これはあくまで推理であって、まだ謎の答え合わせはしていないから。

「ただ一つ、ガッカリな点はありますが……冷泉先輩が作っている人は、私が記憶を失う前に探していた人とは、別人のようです」

イブちゃんは感情の薄い顔の中に、僅かに失望を滲ませる。

「そっか。あたしも最初は、イブちゃんの人探しに役立つかもって思ったけど」

「都合よく見つかるものではないですからね。仕方ないですよ」

収穫は無かった。だからこれから先のエピソードは、不要かもしれない。

冷泉さんの抱える秘密を暴いたところで、誰かが幸せになるわけじゃない。

幸せになるにはきっと、彼女自身の努力が必要だから。

「でも！　あたしは全裸ヌードお断りだから、明日冷泉さんに会いに行かないと。みんなも一緒に……来てくれる？」

優しく頷き返してくれる三人に、あたしは決心する。

この謎の先にあるもの。それを彼女が叶えたいなら……背中を押してあげなきゃ。

「それじゃあ夏凪ちゃん、解決編をやろうか！」

翌日。相変わらず学校中が文化祭準備で慌ただしい放課後に、あたしたち四人は総合アート部の部室に向かった。

あたしに答えを促す冷泉さんは、珍しく作業用の白衣も着ずに普通の制服姿だ。

「ねえ、冷泉さん。これからあたしたちがするのって、ミステリ小説にありがちな、懇切丁寧な謎解きパートだと思う？」

「うん……？　違うのか？　私はそうだと思っていたぞ」

「違うよ。あたしと冷泉さんが今からするのは、恋バナだから」

そもそも、《探偵代行》をしていた頃にいくつかの謎を解いたあたしにとって、この謎はあまりにも単純すぎた。

最初は迷走してしまって、暦先生の水着姿を撮影していたけど。

見る視点を変えただけで、これほど分かりやすいものはなかった。

「あたしはね、好きな人がいたら……その人のことを何でも知りたいと思うよ。食べ物の好みとか、私生活とか。その人の過去とか。出来るだけ全部」

冷泉さんは訝しげな表情のまま、あたしの話を聞いてくれる。

「あ、ペアルックとかもちょっと憧れるかも。前に好きだった人のことじゃなくて、あたしのことを見て欲しいから。他の子に目移りするのは絶対許さない！　冬子はどう？」

「僕も独占欲が強いから分かるよ。何なら相手の身体にタトゥーとか入れて欲しい」

「いや、それはちょっと怖いけど。相手のイニシャルとか？」

「ううん。僕の顔を背中に彫って欲しい。僕のことを一生背負い続けて生きて欲しい」

「独占欲の形が特殊ぎない!?　うわぁ、絶対に冬子とは付き合えないかも……」

「はいはいー！　ウチは恋人が奔放でもＯＫだよ！　何十人と関係を持っても、最後はウチの隣で生涯を終えればそれで構わぬ！」

「世紀末覇者みたいな豪胆さが格好いいけど、ごめん。全く同意出来ないや……」

「私は先輩方と違って、むしろぞんざいに扱われたいですね。構って欲しいと擦り寄った私を、冷たく罵倒して欲しいです。想像するだけでニヤニヤしてしまいますね」

「あれ？　あたしのバンドメンバー、全員恋愛観どうかしてない？」

　でもまあ、冷たくされたいのはちょっと分かる。

　愛の無い罵倒と痛みは嫌だけど、愛があれば何でも……ちょっとくらい過激で乱暴なことをされても嬉しい。

「全く分かりかねるなあ、私には」

あたしたちのバカ話を聞いてくれていた冷泉さんは、いよいよ耐えかねて溜息を吐く。

「君たちの恋愛観はどうでもいい。そもそもそれが、どうして私の創作活動に繋がっていくのやら……皆目見当がつかないぞ？」

「あはは。でも、冷泉さんだって片思いをしたらさ、結構拗らせちゃうタイプだよね？」

「ん、なっ……！　あ、あなたに何が分かる⁉　そもそも私たちはこの数日間、一度も恋愛について語ったことなんて」

「あるよ。この部屋にあるものと、冷泉さんが作っているもの。それってどっちも、愛の結晶だから。究極の愛って言い換えてもいい。あなたが作っていたのは――」


好きな人。


あたしの言葉に、冷泉さんは顔を真っ赤にする。

それこそ、意中の相手が誰なのか友達にバレてしまった、小学生の女の子のように。

「腕や指、歯を作っていたのは、それが好きな人の一部分だから。正確には冷泉さんが好きな相手の部分……フェチ的な感じかな？」

それからあたしは、昨日見つけた様々なアイテムを指差していく。

「あの化粧品。冷泉さんとはグロスの色も違うし、マスカラも使っていない。制服だってこの季節に冬服は早すぎる。それに、あのギターも」

左右反転デザインの、インテリアになりそうなギター。

あれが一体何なのか、あたしは気付けなかったけど。

「昨日、イブちゃんが教えてくれたの。あれは左利き用のギターだって。昨日冷泉さんの作業を見ていたけど、右利きのあなたが使う楽器じゃないはず」

唯一そこだけが引っかかっていたけど、これはバンド活動による思わぬ収穫だ。

まだまだ知識が足りないなあ、あたし。もっと本を読まないと。

「い、いや……別にあれらは、創作資料でしかないよ。だったらあの目玉は？　私を眼球フェチだとでも言いたいのかな？　それにスマホが二台ある理由だって……」

「その二つはセットだから。その画面が割れたスマホには、必要不可欠なもの」

あたしは自分の右目を手で覆い、指の隙間から冷泉さんを見つめる。

最近出来た可愛い友達みたいに、何か特殊な力があるわけじゃないけど。

この瞳は、重要な鍵になる。

「虹彩認証。指紋や顔認証と同じで、その人だけが持つロック解除への唯一無二のキーになる。冷泉さんが目を作っていたのは、そのスマホのロックを突破するためだよね」

あたしが教室でぶちまけたあの目玉は、どれも微妙に仕上がりが異なっていた。

制作上のミスペイントとか、ただの習作である可能性も考慮したけど。

あのスマホを見てすぐに理解した。虹彩認証が搭載されている機種は、実はそれほど多くないから。

「写真といくつかの道具を用いて、簡単に突破する方法もあるらしいけどね。だけどそれを知らなかったのか、あるいは芸術家の性なのか……あなたはそうしなかった」

それはどっちでもいいし、重要なことじゃない。

「冷泉さん、言っていたよね。『昔はここで一緒に作業をする子も居たけど、今では疎遠さ』……って。思えば入り口の絵画もヒントだった。つまり、あなたが好きな相手は——」

「もういいよ、降参だ……」

冷泉さんは顔を赤くしたままで、とても弱ったような声であたしを制する。

どうやらあたしの推理は、完璧すぎるくらいに当たっていたみたいだ。

「夏凪(なつなぎ)ちゃんの言う通りだ。私には好きな人が居て、ここでは甘い時間を共有していた。誰にも見られない場所で、二人だけで作り上げた世界に……浸っていたんだ」

冷泉さんは滔々(とうとう)と語る。まるで遠い日の思い出を語るように。今はそうじゃないと、その語り口を聞けば分かる。

「この部室の鍵を手に入れてから、幸せだった。邪魔が入らないように、部屋の入口まで偽装して。二人が好きな絵。その先にあるのが……私とあの子の、楽園だった」

あのマドンナは、明らかに誰かが作ったものだった。

冷泉さんは、絵画は専門外だと語っていた。つまりあれを描いた相手は……。

「それで、その。冷泉さんの好きな人は、どうなったの？」

「どうもこうもないさ。些細なすれ違いで破局。この部屋に残っている私物はあの子の物だ。私は一人で未練がましく、ずっとこの場所で……思い出に浸っていただけ」

髪や頬を撫でてくれる、細くて綺麗な指。

自分を抱き締めてくれた腕。笑った時に見える、白い歯。

好きな人ともう一度向き合おうとして、理解をしようとして。

冷泉さんはずっと、この部屋で一人ぼっちだった。

愛する人の『贋作』を、作り続けていたのだ。

「これで私の恋バナは終わりだよ、夏凪ちゃん。あーあ。あなたに全裸を見せて貰えば、少しは諦めがつくと思っていたのに。残念だ」

「え？　それってあたしの身体で欲求を満たそうとした、ってこと？」

「わはは。そうだと言ったら、私を優しく慰めてくれるのかな？　ちょっとだけ、あなたは私の好きな子に似ているから。意思が強いその声と顔を見ると……思い出すよ。さて」

冷泉さんは近くにあった空のダンボールに、思い出を詰め込み始める。

ギター。化粧品。制服。スマホ……そして、自分が作った人体パーツも。

「ありがとう、夏凪ちゃん。おかげで踏ん切りがついたよ。全部ゴミに出して、私の長すぎる失恋は終わりに――」

「そんなの、絶対にダメ!!」

叫んだあたしに驚いて、冷泉さんの手から眼球が一つ零れる。

床を転がったそれを拾い上げて、あたしは彼女の手にそれを握らせた。

「一回失恋したくらいで、諦めるの？　今までずっと互いに好きだったのに？　ちょっとしたすれ違いで別れて……それでそのまま、今後の人生で他人同士のままでいいの？」

大切な時間と思い出を共有した人を、苦い思い出で包み込んで忘れる。

よくある恋愛の形かもしれない。でも、そんなのは嫌だ。

「ダメでもいい。今が最悪の状態なんだから、断られても苦しくないから。だからもう一度想いを伝えようよ！　あたしは……冷泉さんの青春を、応援したい！」

これは、とても押し付けがましいことだと思う。

あたしは青春を楽しみたい。暗くて苦い青春なんて、絶対に嫌だ。

とても長い……あの激動の日々を経たからこそ、あたしは。

あたしの青春に関わってくれた全ての人を、幸せにしたいんだ！

「……はぁ、全くもう。気付けば随分と壮大な話になってしまったね」

冷泉さんは深く溜息を吐いて、だけど笑顔を見せてくれる。

「恋バナの続きをさせてくれないか？　私の失恋がどうすれば、もう一度火を灯すのか。

経験豊富な君たちなら、この『謎』の答えを示してくれるだろう？」

あたしは冬子とはるる、イブちゃんと顔を見合わせて頷き合う。

「こんなに魅力的な女の子が揃っているんだから、すぐに答えは見つかるよ。冷泉さんの復縁計画、全力で協力しちゃうから！」

週末、早朝。

あたしとイブちゃんは、部室棟の屋上にある物陰で、ある人を見ていた。

それはまだ誰も来ていない朝の学校で、告白をする女の子……冷泉さんだ。

「緊張していますね、冷泉先輩。見てくださいよ、全身ガチガチじゃないですか。何か見ていると笑えますね」

「イブちゃん、もしかして記憶だけじゃなくて人の心も忘れた？」

「冗談です。渚先輩も同じくらい緊張しているので、アイスバーントークです」

「アイスブレイクね？　それだと滑っちゃうからね？　でも、ありがとう。おかげでちょっとだけ緊張が解けたかも」

「心配ご無用ですよ。わざわざ私たちが何日もかけて朝と放課後に準備して、この舞台を整えたのですから。もし相手の方が冷泉先輩を振ったら、総攻撃を仕掛けましょう」

「この後輩、絶対に冬子とはるるから悪影響を受けたな？」

あたしは改めて、屋上の空を見上げる。心配ない。きっと上手(うま)くいく。

「来ましたよ、渚先輩」

イブちゃんに言われ、屋上の出入り口に目を向ける。すると、校舎の中から出てきたのは三人の女子生徒。二人はあたしの親友、冬子とはるるだ。

目隠し代わりのアイマスクをして、彼女たちに手を引かれているのが……。

「あれが、冷泉さんが好きだった人ね」

目隠しのせいで顔は良く分からないけど、雰囲気は凄(すご)く大人しい感じの子だ。

冬子たちは彼女に何かを耳打ちしてから、あたしとイブちゃんの元にやってくる。

ここまでしたのには、もちろんワケがあるけれど。

まずは見守ろう。二人の行く末を。

「急に呼び出してすまない。しかも目隠しまでさせて、驚いていると思う。ああ、まだそれは取らないで欲しい。どうか……私の言葉を聞いて欲しい」

無言で頷くかつての思い人に、冷泉さんは続ける。

「あなたと別れてから、私は色々なことを考えた。考えすぎて、迷走して。でも気付けばまたすぐに、あなたのことを考えてしまっていたよ」

あなたが残した物に、何か理由を見出(みいだ)そうとして。

そこにある思い出の残り香に、いつまでも固執して。

やっぱり私は、まだまだあなたのことを知りたい。

「別れてから半年が経って気付いたよ。だから今日、その想いを伝えたい。あなたが遠い昔に、私と一緒に見たいと言っていたあの景色を……あなたに、贈るから！」

冷泉さんは目の前の女の子の顔に手を添え、目隠しを取る。

強い太陽光に、彼女はゆっくりと目を細めながら、開けて。

そして、そこにある景色に驚く。

その綺麗な目を丸くして、きらきらと輝かせながら。

「サプライズ大成功、だね」

あたしは呟いてから、改めて「空」を見上げる。

アンブレラスカイ。

色とりどりの半透明の傘が、無数に空に浮いているように見える、芸術的な非現実の空間。あるいは、フィクションの天気。

何十本もの傘を細いワイヤーや金具で固定して、取り付けるのは大変だったけど。

二人がかつて願った景色を、この学校で再現出来て……それが唯一無二の思い出になるのであれば。

あたしはただそれだけで、すごく幸せだった。

だから、どうかお願い。大好きな人のためにこの演出を仕上げて、向き合った一人の女の子の……冷泉さんの想いが、もう一度大好きだったあの子に、届いて。

「私はあなたが……好きだよ。別れる前より、今の方がずっと好き。だから、二人でもっとたくさんの景色を共有したい。もしあなたが嫌じゃなければ、私ともう一度——」

付き合ってください！

告白が空に響いて、傘が二人を包み込む。

その世界は誰にも邪魔されることのない、彼女たちだけの空間。ほんの少しの魔法。

そして、かつての恋人に告白された彼女は。


「私も、冷泉ちゃんが好きだよ。大好き」

短い返事をして、抱き着いて。互いの温もりを分かち合う。

そんな光景を見て、あたしたちも声を出さずに四人で抱き合っちゃって。

誰かの恋が、誰かの思い出が、こんなにも美しい。

女子高生になって、良かった。

あたしの知らない色んな形の青春を……こうやって、見届けることが出来たから！

第二話　青春売買

「渚先輩。猫耳メイドの衣装に興味は無いですか？」

「無い！　絶対に、無いっ！」

冷泉さんの復縁計画を手伝い、三連休を挟んだ週明けの放課後。

朝の教室で、二年生なのに当たり前のようにあたしたちのクラスにやってきたイブちゃんが、真顔でそんなお誘いをしてきた。

「特に猫耳メイドは絶対にダメ。あたし、演劇部にお願いされて一度だけ試着したことあるけど、物凄い辱めを受けたから。だからダメ。お金を積まれても着ない」

「おぉぅ……確固たる意思。一体何があったんですか、先輩方」

冬子とはるるは顔を見合わせて、小さく吹き出す。人の猫耳メイド姿を笑うな！

「少し前に頼まれて衣装合わせをしていたら、気になる男子に見られたらしいよ」

「しかも見られた時の態度が不服だったみたいで、顔を真っ赤にして半泣きでウチらに愚痴ってきたよねー。どんな反応だったら良かったのやら」

そりゃあもう、スーパーウルトラ可愛いみたいに褒めちぎられて、猫みたいに頭を撫でて欲しかった。なのに！　あいつは……あいつは！

「ああ、もう。思い出すだけで腹が立つ！　今後は頼まれても着てやらないから！」

「いや、次は犬もやってくれとか頼まれたら、渚は絶対断らないと思うよ」

「分かる。尻尾フリフリして、喜んでやりそう。他の女がやらないコスプレしてあげるあたしに振り向いて欲しいとか、密かな願望抱えている忠犬になるよ」

「犬の芸って人がやるとしたらちょっとエロいですよねぇ。お手、お座り、ちん」

「やめろぉー！　それ以上はダメ！　女子高生四人が朝からする会話じゃなぁい！　そもそも、イブちゃんは何であたしにそんな誘いを持ち掛けたの？」

　強引に話を戻すと、イブちゃんは「あぁ」と気の抜けた返事をする。

「その演劇部に欠員が出たらしく、文化祭での主役を急遽募集中だとか。クラスメイトの演劇部の子が友達と喋っているのを、寝ているフリをしつつ盗み聞きしました」

「情報の集め方、すごく嫌だなぁ……まさかその話をするためにわざわざ来てくれたの？」

「は？　私をそんな愚かな後輩だと思っていたのですか？　キレちまいますよ」

「地雷がどこにあるか分からない後輩、扱いが難しすぎる。トリセツが欲しい……」

「こちらジャンク品のため、一部の記憶と説明書が欠品しています。動作確認済み」

「フリマアプリの商品説明文かな？」

「それはさておき、欠員の理由が少し気になりまして。主役の女子は夏休み前から学校に来ておらず、誰も連絡がつかなくなってしまったとか」

　夏休み前。不登校。そのワードで、あたしはあることを連想する。

「イブちゃんの記憶が無くなった時期と、近いよね」

「そうです。だからもしかしたら、その女子は私の探していた人かもしれないです」

言われてみれば、可能性はある。

前回の【開かずの部室】に関しては、イブちゃんの記憶を蘇らせることはなかった。

内容が内容だけに、全くの無関係だったから仕方ないけど。

「なるほど……ちょっと気になるね。ねえ、冬子。はるる。二人は演劇部の友達とか居る？」

「ウチは居ないよー。演劇部自体、少数精鋭だからね。演劇経験者の部員が多くて、高校から始めた人が少ないから入りづらいって噂もあるし」

「そういうことなら、僕に任せてよ！」

芳しくない反応だったはるるとは違い、冬子は何だか嬉しそうだ。

「あー。演劇部にもあんたのお気に入りの女子が居るとか、そういう感じ？」

「酷いなあ、渚は。確かにお気に入りはお気に入りだけど、そういう意味じゃなくてね。同じ中学出身の数少ない友人が在籍しているのさ」

「え。意外。冬子はそういう昔馴染み、居ないタイプだと思っていたのに」

「あはは、そうだね。僕は過去に縛られない女だから。実際、その子とも少し疎遠になっているけどね。彼女は特進科の生徒だから」

特進科。名前の通り、あたしたちの学校にある難関大学進学を目指している生徒が集まる学科で、各学年に一クラスしか存在しない。

普通科であるあたしたちとは授業の数も質も、何なら教室の場所すら違う。特進科の教室は全て別の棟にあるので、顔見知りになることすら無いくらいだ。

「入学が決まった時は、互いに喜びあったものさ。同じ中学からは僕ら二人しかこの学校に入れなかったから。学科は違うけど、仲良くしようって誓ったものだよ」

「ふーん。そんなこと言っておきながら、今は疎遠なのね。冬子って案外薄情かも」

「ち、違うよ！　だって僕、一年生の頃はほぼ不登校だったし、二年生になってからは、はるると過ごすことが多くて……うん。そういう感じになっちゃった、から」

冬子は完全な否定も出来ず、歯切れが悪そうだ。

「でも、中学時代からの顔見知りなら話が早いよね。その子にメッセージ送っておいてよ。昼休みか放課後に、ちょっと話を聞きたいから……ん？　どうしたの、冬子？」

「……ない」

「え？　声が小さいよ。もっと腹から声出そう？」

「急にスパルタだね!?　だ、だから！　その子の連絡先を知らないんだ！　一年生の時にスマホを壊しちゃって、全部データが飛んだから……」

恥ずかしそうに、そして申し訳なさそうに顔を赤らめて白状する冬子。

あたしたちは冬子を見ながら、深い溜息(ためいき)を吐(つ)く。

「普通、そのまま二年も放置する？　あたしたちとも卒業したら、知らない間に連絡取らなくなって疎遠になりそう。過去の女として語られるだけになっちゃうんだ」

「あー、分かる。ウチらが居なくても、フユはやっていけそうだよね。新しい環境で新しい女を誑かして、ハーレムビーチを作りそう。白浜だけに」

「顔見知りになって歴が浅い私なんて、真っ先にそうなるでしょうね。いつだって切り捨てられるような軽い存在なのです、私は」

　三人からチクチクと責められて、冬子は俯きながら肩を震わせる。

　これに関しては『フユ虐』じゃなくて、完全に冬子が悪いので仕方ない。だからもっとその綺麗な顔を歪ませてもいいのだ。冬子はこういう役がとても似合う。可愛い。

「そんなことない……寧ろ僕は、君たちがいないと生きていけないから。だ、だから見捨てないで……何でもするから、傍に居させてよぅ……っ、う、ううっ」

　涙を堪えながらあたしに懇願する冬子を見て、すごく興奮……ではなく、ちょっとだけ可哀想になってきたので、そろそろ頭を撫でてあげる。

「大丈夫だよ、冬子。あたしも大人になって、世界中どこに行っても、最後は冬子たちが居る場所に戻ってくるから。だから安心して？」

「な、渚ぁ……！　やっぱり渚は、最高の女の子だよー！」

「よしよし。茶番はこれくらいにして、連絡が取れないなら直接演劇部に行ってアポを取ってきてね？　泣いている暇があるなら動かなきゃダメだよ？」

「飴と鞭の落差が酷すぎない!?　むしろ超高温の飴を口に突っ込まれている気分！」

「ちなみに、冬子の友達って何て名前なの？」

「ふふふ。名前だけでも超可愛い子だよ。彼女は、椿森カンナさん。清楚で大人しくて、でも演劇の時は激しく感情を露わにする感じが、またすごくギャップがあって――」

「あ、その人です」

そんな冬子の熱い語りを止めたのは、イブちゃんだ。

「私が聞いた、不登校になった女子生徒の名前。椿森先輩。演劇部のエースで、今年の文化祭でも主役を頼まれていたそうです」

泣いて、笑って、喜んで。たくさんの感情を一人で朝から撒き散らした冬子は。

イブちゃんの言葉を聞いて、今度は隠し切れないほどの驚愕を顔に浮かべるのだった。

あたしとはるるは放課後、演劇部に向かうことにした。

冬子は今までサボっていた文化祭準備の手伝い、イブちゃんは用事があるということで一緒に来ることが出来なかった。

「フユの友達なら、真っ先に調査に参加して欲しいよねー」

　部室棟を歩いている最中、はるるが不満を漏らす。

「仕方ないよ。文化祭準備はそれぞれのセクションで準備期間が違うから。冬子(ふゆこ)は確か衣装製作だよね」

「うん。女子の衣装はミニスカエロメイドにしよう！　とか提案して、女子全員から本気で叱(しか)られて泣きながら衣装を作っていたよ」

「女子人気の高い冬子様でも、流石(さすが)にそれは通らなかったかー」

　この学校の生徒に良識が残っていて安心した。そもそもあたしたちは受験を控える三年生だから、文化祭に力を入れようと意気込む生徒はあまり多くない。

「あたしたち、あと半年後には行事も全部終わって卒業……だよね。何だか実感が湧かないっていうか、高校の三年間って異様に短く感じない？」

「分かりみ～。ウチもナギとフユと会ってから、毎日がすごく楽しかったからさ。青春って後から振り返れば長かったかもしれないけど、体感速度はバカ早くてビビる」

「卒業したら十代も終わりかけだし、そこからも早そうだよね。だからさ、青春を全部楽しもうよ。大人になってから後悔とか、絶対したくないし」

「ちなみに高校生と言えば恋愛だけど、ナギはその辺どうなの？　例の彼とは進んでいる感じなの？　裸見た？　エロかった？」

「つ、付き合ってもいないのに裸を見る機会とか無いから！　で、でも……その。何かこう、イベントとかあったら少しは頑張る……つもり」

「おやおやー？　夏が終わってから随分と乙女ですなあ、ナギは。こんなの、フユが見たら闇落ちして世界征服しちゃうよ？」

「……実際、冬子なら出来そうで困るよね」

ちなみにあたしとしては、《彼》とはもっと学校でも一緒に居たい。クラスが違うから登下校の時くらいしか会わないかもしれないけど、そういうのが逆にいいの。

下駄箱で目が合ってお互い恥ずかしくなって逸らすとか、昼休みに彼の教室の前を通って、ついその姿を探しちゃうとか。そういう甘いやつ！

「なのにあいつ……学校に殆ど来ないし！」

助手なら少しはあたしのこと、気にかけてくれてもいいのに。

残された学校生活が短いからこそ、その時間を分かち合いたい。

そういう女の子の気持ち、気付けなかったら一生独身だぞ。バカ。

「ナギ、独り言を呟いているところ悪いけど、演劇部についたよ？」

「どこから独り言扱いなの!?　あたし、はるると恋バナしているつもりだったのに！」

「恋バナは対等だから許されるのであって、好きな男子もいないウチからすればただの腹立つ惚気話なのだ。次からは壁に向かって喋りな！」

「そもそもはるるから聞いてきたのに!?」

見た目がギャルだから誤解されがちだけど、はるるは恋愛経験が少ない。

最後に男子に惚れたのが、二次元を除けば小学校四年生とか言っていた気がする。それも別にただの片思いだし。

冬子は言うまでもなく男子に興味ないし、イブちゃんは未知数だし。

あれ？　意外とあたしが一番経験豊富……なのかな？　争いが低レベルすぎる。

「バカ話はこれくらいにして、中に入ろうか」

あたしは扉を開けて、演劇部の部室に足を踏み入れる。

すると、あたしたちを迎え入れてくれたのは。

「夏凪さん、東江さん。いらっしゃい。もしかして演劇部に入ってくれるのかしら～？」

柔和な雰囲気と声が特徴的な、演劇部副部長、夢野さんだった。

三年生は彼女だけで、他には下級生の部員が数人ほどあたしたちを見ている。

「こんにちは、夢野さん。演劇部には入らないけど、ちょっと話があって」

「あらあら、例の猫耳メイド衣装のことかしら。夏凪さんのおかげで、とても良い衣装になったわよ。今日も着てみる？　お胸部分の布を減らしてみたの。うふふ」

「着ないから！　そうじゃなくて、人を探しているの。椿森さんっていう子。演劇部の部長だよね？　最近部活に来た？」

「椿森さん……そうねぇ。あの子、夏前から来なくなっちゃって。最初は特進科だから勉強が忙しいのかと思ったけど、少し変な感じのメッセージを貰ったの」

夢野さんはスマホを取り出して、演劇部のグループトークを見せてくれる。

最新のメッセージは、椿森さんがグループから抜けた通知で、七月中旬のこと。

その前のメッセージを、あたしとはるるは揃って見つめる。

「えっと……『演劇部にはもう行けない。今までありがとう、夢野ちゃん。あなたと三年間一緒で、すごく楽しかった。後輩の皆もお元気で。バイバイ』だって」

「退部届にしては雑すぎない？　未練があるようにも見えるし、行かないじゃなくて、行けないって言い方もウチからすれば違和感があるかな」

はるるの言う通りだ。これは自分の意思というより、誰かに邪魔されているような感じにも見える。成績が下がって、部活どころじゃなくなった？　でも、だからといって不登校になる理由としては、弱いというか。

「椿森さん、今年の文化祭では主役を演じるはずだったのよ。すごく張り切っていたし、楽しそうだった。だから突然のことすぎて、私も良く分からなくて」

夢野さんは困った様子で、後輩と目を合わせる。彼女たちも同様に困惑していた。

「夢野さん。演劇部の中に特進科の子は居ないの？」

「居ないわ。そもそも特進科の子が部活動に参加すること自体、珍しいから。椿森さんは多忙な中で、上手く時間を縫って演劇部に来てくれていたの」

特進科の生徒は放課後に、夜まで自主参加の補講や受験対策をしていることが多い。彼らにとって青春とは、勉学だ。あたしたちとは違う形の、だけど立派な青春。

椿森さんが二つの青春を両立させようとして、失敗した……にしてては、大袈裟だ。

「連絡もつかないし、不登校。親しい間柄だった夢野さんでもどうしようもない、か。椿森さんの家とかは」

「残念だけど、それも知らないの……休日も多忙な子だったから。あの子は演劇部のエースだし、私たちも直接会って色々お話したいのよね」

夏休みを境に、存在が消えてしまった生徒。

なるほど、確かにイブちゃんの探している人の可能性も高まってきた。あ、そうだ。

「ねえ、夢野さん。良かったら最近の椿森さんの写真を貰える？　もしかしたらあたしの後輩が探している子かもしれなくて」

「あら、そうなの？　もちろんいいわよー。すごく可愛い子だから、驚いちゃうかも。性格も良くて気配り上手で、後輩は皆あの子の虜だったんだから！」

スマホでデータをやりとりして、あたしは遂に椿森さんの顔を見ることが出来た。

「わ！　めちゃくちゃ美人さんだ！」

思わず声が漏れてしまう。切れ長の目が特徴的な、クール系女子に見える。だけど白い歯を見せながら笑っている姿が、ギャップも相まって破壊力が高い。

とても同い年には見えない。ミスコンに選出された女子大生と言われても納得かも。

「ふむふむ。これはフユもベタ惚れするよね。ねえねえ、ナギ。もし椿森さんとフユが過去に恋愛関係だったとしたらさ、どうする？」

二人が並んで手を繋いでいる姿を想像すると、眩しすぎて目が潰れそうだった。

美男美女ならぬ、美女美女。お似合いすぎて羨ましさも出ない。けど。

「……ちょっと、嫌かも。身勝手だけど、嫉妬しちゃう」

冬子が他の女の子と過ごして、あたしたちと付き合う時間が減って。

それを思うだけで、何だか胸がざわざわする。

「やっぱりナギって、独占欲強いよね。いい女になれないよー？」

「う、うるさい！　だってあんなに冬子から好きって言われているのに、いざ恋人が出来たら何か裏切られた気持ちになっちゃうでしょ！」

本当は祝福したいけど、やっぱりあたしって嫉妬深いんだなあ……。

それはさておき、あたしは目の前の『謎』について思考する。

「……とりあえず、先生に相談してみる。何か進展があったら夢野さんにも報告するね」

「うん、お願いね。もし椿森さんが主役を辞退したら、夏凪さんが引き受けてくれてもいいんだからね？　また衣装合わせしてあげるから。ふふふ」

「それは絶対に嫌！」

「特進科クラスの担任から、色々とお話を伺ってきましたわ」

あたしとはるるは作業を終えた冬子と合流し、保健室に向かった。

そこで暦先生に事情を相談し、特進科の担任からの情報収集をお願いしたのだ。生徒には語りづらい事情でも、教員同士なら多少は気楽にやりとり出来るはず。

「椿森さんはクラス内で問題なども抱えておらず、模範的な生徒だったそうです」

暦先生の報告に、冬子が腕を組みながら何度も頷く。

「カンナちゃんは中学生の頃から、真面目な委員長でみんなに好かれていたからね！　高校でも相変わらず頼られる存在だったのは間違いないさ！」

「うわ、さり気なく名前で呼んでいるし。やっぱり冬子、椿森さんと付き合っていたの？」

「……それで、成績とかはどうだったのかな？　中学時代は学年トップだったけど」

「え？　何ではぐらかす？　言えない事情があるの？　ねえ？」

あたしとはるるは二人で冬子の顔を覗き込むが、冬子は必死に目を合わさないようにしている。代わりに冷汗が滝のように出ているけど。ふぅーん？

「こらこら、痴話喧嘩はダメですよ。三人とも。女子は十八年も生きれば恋の一つは二つあるものです。ちなみに未経験の私はそろそろマッチングアプリを検討しています」

「聞いてもいないのに早口で喋らないでください、暦先生」

美人で二十代半ばなら需要ありすぎるし、焦らなくてもよさそうなのに。

「ちなみに……椿森さんの成績は春と比べてやや下降気味だったそうですわ。とはいえ、クラスでは半分より上をキープしていたそうですが」

特進クラスで半分より上なら、あまり悩むような成績じゃないはず。

難関私大や上位の国立大学合格が狙える成績だ。

「学年主任曰く、ご両親とは連絡が取れているそうですが……何かワケありのようでした。問題は無いとの一点張りだったので、大きなトラブルではないと思いますわ」

極端な話、一家丸ごと夜逃げの可能性も考えていたけど、それは消えたかな。

人間関係。成績。家庭事情。どれも円満な椿森さんに、一体何があったのかな。

「よし、明日から特進科の生徒に聞き込みをしよう。まずは地道な調査が大事だよね！」


翌日。昼休みにイブちゃんにも声をかけ、集まったあたしたちは、特進科のクラスへと向かった。放課後は勉学に多忙な彼らだけど、昼休みの時間は全校生徒共通なので、聞き込みをするならこの時間しかない。

少し先を歩く冬子とはるるの後ろで、あたしはイブちゃんにスマホで画像を見せる。

「ところでイブちゃん。この子が椿森さんらしいけど、これを見て何か感じることはない？」

「そうですね。美人な先輩なので、優しく虐められたら感じてしまうかもしれないです。私は年上に責められたいタイプなのです。背中とか踏まれたい」

「うん、あたしが悪かったかもしれないから、もう一度聞き直すね？　これを見て記憶が戻る感じはある？」

イブちゃんは小さく首を横に振ってから、椿森さんの話を続ける。

「無いですね。実際に会えば違うかもしれないですが」

「だよね。そう簡単に記憶が戻ったら、苦労しないかー」

失った記憶は、本人がふとしたキッカケで取り戻すことは難しい。

「あたしも……同じだから分かるよ」

「そう、なのですか？」

イブちゃんは少しだけ驚いたように、言葉に詰まる。それもそうだ。自分以外にも記憶喪失の経験者が居て、しかもそれが依頼した相手だから。

「うん。あたしの場合、忘れちゃいけないことが多すぎた。少し前のあたしは、自分がただの病弱な女の子で、青春コンプレックスを拗らせただけの女子高生だと思っていたの」

だけど、違った。あたしには友達が居た。

病弱な女子でもなければ、可愛いだけの女子高生でもなくて。

たくさんの仲間に助けてもらって、あの子「たち」から二度も命を与えてもらって。

そして全てを取り戻したあたしには、新しい使命が生まれた――。

「……色んなことを知ったけど、あたしはただの女子高生でいたかった。それが大切な人たちが願ってくれた未来で、あたし自身も望んだ日常だから」

そう。だからこそ。

忘れてしまった記憶に苦しむイブちゃんの、力になりたい。

「イブちゃんも全部が解決したら、ちゃんと女子高生を満喫しないとね！　あ、もしかして探している相手は男の子かもしれないよ？　それなら恋愛漫画みたいで素敵だよね」

「……でも、記憶が戻らなくても幸せかもしれないですね。だって私には、こんなに頼れる先輩たちが、一緒にバンド演奏までしてくれるわけですから。ふふっ」

冗談っぽい感じじゃない、ふとした瞬間に漏れたその笑顔に。

思わずあたしは釘付けになってしまう。

どうしてだろう。選ぶ言葉も、考え方も、全然違うはずなのに。

やっぱりその顔、あたしに最初に心臓を与えてくれたあの子に、すごく似ている。

「渚、イブちゃん。特進科の教室に着いたよ。四人で固まっても仕方ないから、僕たちは下級生に聞き込みをしようか？」

冬子の言葉に、あたしは現実に引き戻される。

考えすぎだよね。友達に少しだけ似ているだけなのに。

「う、うん。お願いしてもいい？」

二人は「任せて！」と快諾して二年生の教室に向かうため、階段を下りて行った。

「じゃああたしたちも、三年生に聞き込みを開始しようか」

あたしとイブちゃんは、普段一切関わりのない特進科の生徒たちに、椿森さんについての聞き込み調査を始める。

一人目。成績優秀なクラス委員長の男子。

「椿森？　ああ、あいつとはよく期末テストや模試の成績を競ったよ。見た目は普通にモテそうなクール女子なのに、頭までいいから厄介だった。スペックが高すぎるよ。ああいう奴は挫折を味わうことなく、トントン拍子に人生が進むんだろうな」

二人目。椿森さんの友達だったという女子。

「椿森さんとは不登校になる直前まで仲良かったよ。別に悩みとかは無さそうだったし、噂では他校の男子生徒と付き合っているとかで、人生充実していたと思う。可愛いし、欠点が無い無敵の女の子！　みたいな感じ？」

三人目。椿森さんとは殆ど交流の無かった、クラス唯一の不良女子。

「あいつのことは何も知らねー。入学した頃は地味だったくせに、夏休み明けて急にキャラ変をしてきたよな。成績も伸びたし、アタシみたいな落ちこぼれの仲間だと思っていたからガッカリだ。地味な頃の方が、アタシは好きだね」

四人目。椿森さんのファンを自称する、陽気な金髪男子。

「俺の調べによれば、椿森さんは家庭も円満だし、豪邸に住むお嬢様で確定さ！　大人っぽい雰囲気がツボでさ、俺は八回告白したけど全部振られた！　高校卒業まで誰とも付き合う気が無いってさ。他校の男子と付き合っている？　ガセだよ、ガセであってくれ」

あたしたちは最終的に、クラスの半数以上から椿森さんの話を聞けた。

彼女を知る同級生たちの殆どから、「明るくて友達が多い」「成績優秀」「お金持ちのお嬢様」と称され、最初に訊いた四人の意見が大体の共通認識だった。

「皆が不登校になった椿森さんを心配しているけど、誰一人として連絡を取れないのも、家の場所が分からないのも同じ……か」

あたしはメモ帳に話をまとめて、廊下の隅っこで推理をする。

本人と所属するクラス、家庭には表立った不和もトラブルもない。

要するに、彼女が学校に来るのを拒む理由が一切ない。

もっとオカルトな方向に振り切るなら、そもそも椿森カンナは実在しない。

特進科の生徒が作りだした、共通の「妄想」であって、あたしたち普通科の生徒には分からない定番ネタとか。

「……いや、冬子が中学の頃から知り合いだし、それはないよね」

学校に来なくなる理由、か。

それこそあたしみたいに、誰にも教えていない身体の不調があったとか。

「身体の、不調？」

頭の中に浮かんだ言葉を、もう一度口にする。

そうだ。証言の中で、「他校の男子と付き合っていた」っていうのがあったはず。

男と女。恋愛関係。夏休み。身体の不調。もとい、変化。

もしかして、これは――。

「調査は順調ですか、夏凪サン」

一つの結論が浮かび始めた瞬間、誰かに背後から声を掛けられて振り向くと。

「よ、蓬先生？　どうしてここに？」

「ん？　自分は特進科の授業も担当しているので。それよりイブちゃんから聞きましたよ。

不登校になった椿森サンのことを調べているみたいっスね」

「は、はい。蓬先生は何か知っていることとか、ありますか？」

「うーん……自分の印象だと、不登校になる前、春くらいは体調不良が目立つ生徒でしたね。吐き気やめまいを理由に、度々早退をしていた記憶があるっスね」

やっぱり。それなら時期的にも、それほど違和感はないはず。

現状の推理だと、これが最もこの謎の答えに相応しい。

「椿森さんは……彼氏の子を、妊娠している」

放課後の保健室。あたしは三人から得た、聞き込み調査の結果をまとめた。

だけどあたしが聞いたものと殆ど変わらず、特筆するようなことはない。

「これはあたしの仮説だけど――」

情報の中から、この謎を構築する破片を拾い集める。

推理とは所詮、確認作業にしか過ぎない。全体を俯瞰して、誰かの意見を汲んで、そしてようやく答えを導き出せる。

あたしは語る。椿森カンナが何故不登校になったのかを。

そしてあまりにもリアリティに満ちた推理を聞いて、三人は沈黙してしまう。

「高校在学中の妊娠。まあ、それ自体はよくある話ですわね」

返事に詰まる女子高生たちに代わって、暦先生が最初に口を開いた。

「一年に一人くらいは、そういった理由で退学するものです。教師の中ではある種のあるあるネタというか、わざわざ大事にするような話でもないですわね」

「……暦先生は椿森さんを保健室で看病したこととか、ありますか？」

「いいえ。彼女は保健室に来ることは滅多になかったように思います。誰かに妊娠を気取られたくなかったからこそ、早退をしていたなら合点がいくかもしれませんわ」

あたしの推理に整合性を付け加えるように、イブちゃんも続く。

「本人は優等生、実家は裕福な良家。彼女の両親はかなり世間体を気にしたのではないでしょうか。喧嘩の末に不登校になったのであれば、自然な流れでしょう」

「女子的には絶対言えないよね。仲のいいウチら同士だって、言うのに勇気がいると思う。恥ずかしいことじゃないのは分かるけど……うぬーん」

冷静なイブちゃんとは対照的に、はるるは腑に落ちない様子で首を傾げる。

青春は楽しい。そして、痛みが伴うもの。

望もうと、望むまいと、その結果から目を逸らして生きられるほど……あたしたちは、子供じゃない。

「……なるほど。君たちはそれを一つの答えだと受け止めるわけ、か」

沈黙を続けていた冬子が、壁に寄りかかって腕を組んだままで答える。

その様子から見るに、あまり納得しているような感じじゃないみたい。

「例えばこれが推理小説なら、それは正解に限りなく近いかもしれない。だけど僕らは生きていて、この青春は現実だ。カンナちゃんはフィクションじゃない」

虚構ではなく、生きている。

そう付け加えて、冬子はあたしを見つめる。

「文字や情報と睨めっこするのが悪いとは言わない。でも、本人との対話が足りていないよ。美術部の時のように、相手を知ることが大事じゃないかな」

「勝手な憶測で語るべきじゃない……ってこと？　だけど彼女とは会うことが出来ないし」

「だから、渚」

一歩近づいて、冬子は真剣な顔を向けてくる。

「次の休みに、僕とデートをしよう。二人きりで、心から互いを想い合うデートを」

いつもの冗談めいた雰囲気でも、女子を口説く軽薄な声色でもなく。

白浜冬子は本気の言葉で、あたしをデートに誘うのだった。

「ううっ……勢いで思わず、お誘いを受けてしまった」

休日。あたしは精一杯のお洒落をして、都内の某駅前に来ていた。

綺麗めコーデで手堅くまとめた、白いハイウエストのスカートが映えるスタイル。少し低めのヒールを履いたのも、何だか久しぶりだ。

最近はローファーか、それ以外だと動きやすい靴ばかり選んでいたから。

冬子、ちょっとは大人っぽいあたしを見て感激するかな？　えへへ。

「……って!?　いや、違うでしょ！　別にこれは冬子を喜ばせるつもりがあったとかそういうわけじゃなくて……こ、こんなの本当にデート前みたいな気分じゃん……」

冬子の誘いを受けた後、あの子は笑顔を浮かべてくれた。

だけど帰り際に、どこか寂しそうな目をしていたから。

ほんのちょっとでも元気になって欲しいって気持ちで、この服を選んだだけだし！

「お待たせ、渚」

あたしが勝手に悶々としていると、冬子がやってきた。

「か、格好いい……っ！」

冬子は予想通りボーイッシュなスタイルだったけど。

黒いジャケットとパンツのセットアップに、レザーのブーツが怖いくらい映える。

こういうのって女子がやると、どうしても「男っぽい女の子」っていう印象になりがちだけど、冬子が着ると「色っぽい男の子」に見えるからずるい。

「ふふっ、ありがとう。渚の服もいいね。ロングスカートの中に頭を突っ込んで、そのまま暮らしたい。世界の嫌な出来事から目を逸らして生きていたい。下着になりたい」

「最後に卑猥な願望が漏れ出ているけど！　あ。服を褒めてくれるのは嬉しいけど、女の子を待たせるのは減点だよ？」

「おや？　渚は僕を男の子として認識してくれているのかな？　じゃあ、今日はたっぷりと可愛いお姫様をリードしないとね」

「ううっ〰〰！　そ、そういう意味で言ったわけじゃなぁい！」

ヤバい。頭が勝手に冬子を彼氏役に設定してしまっている。

ていうか、その服装とかさ！　あたしが好きな感じだし！　『彼』に寄せているのは絶対にわざとだ！

「あー、もう！　今日はあんたがあたしの彼氏でも何でもいいから！　それで？　今日はどこに行くの？」

「気に入るかどうかは分からないけど、二人で巡りたい場所があるんだ。いいかな？」

「うん。もちろんいいよ」

「あ、その前にさ。ちょっと朝は準備に忙しくて疲れちゃって。いいところを知っているから休憩していかない？　大丈夫、何もしないから！　ベッドで寝るだけだから！」

「合流してすぐに最悪なところへ誘うあたしの彼氏、普通にクズ男だ」

流石に冬子としても休憩は冗談だったらしく、（少し悲しそうな目をしていた気がするけど）あたしたちはある場所へ向かった。

今日待ち合わせた駅から、徒歩で行ける場所にある都内のランドマーク。

世界一の高さを誇るタワー、その展望台デッキに向かっていた。

「最初に行くには結構ベタなチョイスかも。冬子にしては意外っていうか」

「そうかな？　僕は一度しか行ったことがないけど、渚は初めてだろうから楽しいかもしれないな、って思って。高校生には定番のスポットだし」

「あ、言われてみればそうかも。まあ、あたしとしては冬子と一緒ならどこでも楽しいけどね。はるるとイブちゃんも呼びたかったなあ」

「二人ともすごく拗ねていたね。最終的には、はるるの家で一日使ってゲームのクリア耐久をするという話に落ち着いていたけど」

「あはは。あたしたちのデートに対抗して家デートって、はるるっぽいかも」

雑談を交わしながら高速エレベーターに乗って、展望デッキに到達する。

人の数はそれなりだけど、不快になるほど混んでいるわけじゃない。

「わ！　エレベーターの扉が開いたら、もう外が見えるんだ！」

開業して結構な時間が経つけど、未だに人が多いのは定番スポットだから……だけじゃなく、ここ最近また一つ、新しい景色が見られるようになったから。

「あれが先月突如出現した、例の『ユグドラシル』だね」

都内の西、有名ファッションビルから天に伸びる大樹を見て冬子が呟(つぶや)く。

望遠鏡を使うまでもなく、肉眼でもハッキリ視認出来る新しい都内の名物。

「昔は女子高生がたくさん集まる場所だったのに、今は政府が立ち入り禁止にしちゃったから、少し残念だよね。僕らも一度は三人で行きたかったのに」

あそこは調査によって未知の原子が発見されるなど、人類史にとって衝撃的な出来事が度々起きている。

だけどそれを知るのは、世界でもごく一部の人間だけだ。一般人には崩落の恐れがあるからと、周辺一帯が完全封鎖されていることが伝えられているだけ。あの大樹がどうやって出現したのかも明言されていないため、ニュースでは毎日話題になっている。

「……あたし、女子高生でいられて幸せだよ」

ユグドラシルを見つめながら、あたしは自分の心臓に手を当てる。

もうここには、遠い日に撒(ま)かれた種も、あたしを守ってくれた大切な人も居ないけど。

それでも、あたしがあたしでいられるのは……色んな奇跡の賜物(たまもの)だ。

「僕も色んなことがあったけど、女子高生になって良かったと思う。もう少しだけ僕に使命感と覚悟があったら今頃は……」

「うん？　どういうこと？」

「いや、何でもないさ。あ！　見て、渚！　望遠鏡空いているから覗いてみようよ！　お金あるよね？　ちょっと出しておいてくれない？　そのうち返すから」

「小銭とはいえ彼女にお金を無心する彼氏、マイナス五万点だから」


それからあたしたちは、いくつかのデートスポットを巡った。

国内屈指の美術館。お洒落な大型書店。お茶と和菓子が魅力の古民家カフェ。

だけどそのどれにも、何となく違和感を覚えてしまう。普段の冬子だったら絶対に好んで行くような場所じゃないし、行き慣れている感じでもなかった。

例えば冬子の好きなものは映画とファッションと、あとはおいしいコーヒーが飲めるカフェ。マスコットキャラとか少女漫画が好きなんていう、乙女な一面もある。

「もしかしてさ、冬子。今日はあたしのために背伸びした？」

あたしは最後に向かった、臨海公園を歩きながら尋ねる。

夕方の空は寂しいほどに綺麗で。紅色と金を混ぜたような色に、僅かな青みが滲む。

薄明の空。僅かな時間にしか見られない、昼夜の世界が切り替わる瞬間だ。

「そう思った？　それなら渚は、僕のことをしっかり見てくれているんだね」

「当たり前でしょ。友達だし。でも美術館や書店の中では、もう少し興味持って欲しかったかな？　ちょっと退屈そうだったの、ちゃんとバレているから」

「まあ、僕は興味が無い場所だからね。だからといって、君が好きな場所でもない。今日のデートはね、僕にとって追憶なのさ」

「……追憶？　過去に来たことがある場所、ってこと？」

「うん。今日回ったところは全て、中学時代にカンナちゃんと一緒に回った場所なんだ」

思わぬ話を口にする冬子。その顔はどこか憂いを帯びていて、決して楽しいだけの思い出じゃなかったのが、何となく分かってしまう。

「僕はあの頃、かなり荒んでいてね。カンナちゃんはそんな僕にお節介をかけてくれる、優しい委員長だったのさ。学校で話す機会が徐々に増えて、気付けば友達になった」

冬子は語る。

あたしと出会う前の、白浜冬子という女の子のことを。

「不登校気味な僕に優しく接してくれるカンナちゃんは、正直ちょっとウザかったよ。当時の僕は世界全てを敵だと思っていたから」

「つまり一緒に居るうちに、心の棘が抜けた感じだ？」

「あはは。そうかもね。中学三年の夏から卒業まで、僕らはよく喋った。だけど放課後に遊ぶことは無かった。僕が多忙だったから、っていうのもあるけど」

少しだけ間を置いて、過去を探りながら……冬子は続ける。

「カンナちゃんは僕との思い出が欲しかったみたいで、熱心に誘われたよ。僕も一度くらいはと思って誘いを受けて、卒業直前に今日のデートコースを巡った」

「楽しかったの？　それとも、今日みたいにちょっと退屈だった？」

「巡った場所はすごく退屈だった。でも、カンナちゃんと喋るのは好きだったし、楽しかったよ。そして……その日の終わり、この臨海公園で僕はカンナちゃんに告白された」

「えっ!?　そ、それって愛の……？」

「そう、愛の告白。だけど僕にとって彼女はあくまで友達だし、大切な人は作りたくなかった。だから断ったんだけど、あの子は諦めずにこう言った」

だったら今度は、三年後にデートして欲しい。

その時までに魅力的な女の子になるから。冬子ちゃんが惚れちゃうくらいに。

「……意外。冬子は女の子好きなのに、付き合わなかったの？」

「そうだね。当時の僕は精神的に追い詰められていて、余裕が無かったのと……」

冬子は慎重に言葉を選ぶ。

この場に居ない椿森さんのことを慮りながら、まるで彼女を傷つけまいとするように。

「僕より魅力的な人と付き合って欲しかったし、互いに唯一無二の友達を失いたくなかったから。それが理由だよ、渚」

「……そっか。それも冬子らしいかも。あんたにもあたしたち以外に、ちゃんと大切な友達が居て良かった」

「まあ、今なら付き合っちゃうかもね？　だけど残念なことに、僕には渚やはるるっていう、親友が居るからさ。僕が他の子と付き合ったら、すごく寂しいだろう？」

何となく、恋人を優先して放課後の誘いを断る冬子を想像してしまう。

それはもちろん祝福しないといけないけど、どうしても嫉妬はしちゃう気がする。

「何も言わないで必死に考える渚、すごく可愛いよ。それってイエスってことだよね？」

「う、うるさいっ！　あたし、そんなに愛が重いタイプじゃないから！」

「いや、君はかなり重い女だと思うけど……」

「え？　嘘？　あたしって重いの？　確かにちょっとだけ愛が強いし、独占欲もあるし、嫉妬しちゃうし、前の女のことよりあたしだけを見て欲しいとか思うけど！」

あたしの言葉に、冬子は小さく吹き出す。

そんな顔を見て、あたしも一緒になって笑い合うけど。

不意に、あたしの手に柔らかな温もりが広がる。

「愛なんて、重くていいのかもしれない。互いの人生に強い影響を与えるわけだから、重くて、汚くて、醜くたっていい。相手に真っ直ぐなら……それでいいんだよ」

冬子はあたしの手を強く握って、顔を伏せる。

「……カンナちゃんも昔と変わらず、真っ直ぐであって欲しいな」

普段は見せないその弱気な顔を見て、あたしは思わずその頭を撫でてしまう。

「あたしはさ、椿森さんは約束を守ると思うよ。デートしたその日から、今もずっと冬子が好きだと思う。今日巡ったところを見て、改めて分かった」

みんなが語る椿森さんのイメージと、実際の彼女は全然違う。

古風で、知的で、誰かを思いやれる優しい女の子。

椿森さんが愛した場所には、彼女の「好き」が満ちているように思えた。

何かを好きであり続けることは、とても大変だ。人でも物でも、それは変わらない。

「椿森さんが妊娠して不登校になった……なんて、雑な推理だったよね。ほんの少しでも彼女のことを知っていたら、そんなことは考えもしなかった。まだまだだな、あたしも」

探偵なのに、見誤ってしまった。伝言ゲームで人の性格や嗜好なんて分からない。

直接会って、直接知る。それが出来ないなら、限りなく近いところに居る人から、その人のことを知るべきだった。美術部の一件では、それが出来ていたのに。

「ありがとう、冬子。椿森さんのことを教えてくれて。あたし……もう一回、ちゃんと彼女のことを知りたい。知って、答えを見つけたいから。手伝って欲しい」

「……うん！　僕も渚にカンナちゃんのことを知って欲しい。魅力的な子だから、きっと渚とも仲良くなれるはずだよ！」

「あたしは今日のデートコース、すごく楽しかったから。もしかしたら冬子より椿森さんと回る方が楽しめるかも？　ふふっ」

「僕に惚れてくれた女の子が、僕の好きな女の子に寝取られる!?　い、いや……こ、これは祝福すべきなのかな？　どう思う!?　いっそ僕も混ぜてよ！」

「あんたは基本、誰かの間に挟まりたいのね……まあ、椿森さんみたいに魅力的な女の子に好きって言われたら、普通は断らないと思うけど」

あたしはスマホを操作して、夢野さんから貰った写真を見る。

演劇部の部室で、制服姿で笑う椿森さん。何度見ても美人だ。

「冬子と椿森さんが並んで歩いていたら、すごく絵になるっていうか」

「違う」

スマホから顔を上げ、前に立つ冬子を見ると――。

僅かな嫌悪と激しい戸惑いを、顔中に滲ませていた。

先ほどまでの笑顔はそこになく、まるで得体の知れない生物と遭遇したかのように。

その視線の先にあるのは、スマホに表示されている椿森カンナ。

「渚。その子は……そいつは、カンナちゃんじゃない。僕はそんな奴のこと、知らない。君は今まで一体誰の話をして、誰を探していたの？」

あたしたちの知る椿森カンナは、偽者だった。

冬子曰く、体型も髪色も違い、顔つきや体格が少し似ているだけらしい。

デートの後、あたしと冬子はすぐにはるるとイブちゃんに連絡し、高校近くのファミレスに集まって話し合いを始めた。

「……なるほどねー。妊娠云々じゃなくて、そもそも最初から全部が間違っていた、と」

はるるは険しい顔つきで水を飲みながら、あたしと冬子の話をまとめる。

「フユに写真を見せれば分かったことだけど、元々知り合いだからって理由でそれを怠ったのがダメだったね。まあ、そもそも予想できない展開だけど……」

「いえ、多少の違和感は聞き込みの段階であった気はします」

隣で紅茶の入ったカップを持ちながら、イブちゃんが口を挟む。

「クラスメイトの大半が、椿森先輩を明るい『リア充』と称していました。ですが、何人かの同級生はこうも言っていたはずです」

入学した頃は地味だった、と。

「彼女の見た目が変わり、成績が伸びたのは夏休み明け。つまりそれ以前は、椿森カンナという生徒は誰の記憶にも残らない、印象が薄い生徒だった……」

高校デビューや夏休みデビューは、あたしたち女子高生にはよくあることだ。

そして鮮烈なデビューに成功した場合、それ以前の印象は書き換えられる。

元が地味で友達が少なければ、なおさらだ。

「じゃあ、この女子が椿森さんと入れ替わった時期も……」

「夏休み明けと推測できます。少なくともその段階までは、本人が学校に通っていたはずです。何らかの理由で椿森先輩は……その女子に奪われた」

席を。あるいは、籍そのものを。

色々な予想が頭を駆け巡り、あたしは思わず背筋に悪寒を感じる。

「これ……暦先生に伝えるべきだよね。事件性があるなら、もうあたしたちの手には」

「それはダメだ！」

ファミレスのフロアに響くほど、大きな声を上げたのは冬子だった。

一瞬、他のテーブルに座る客があたしたちを見るけど、すぐにまた喧騒が戻ってくる。

「落ち着きな、フユ。気持ちは分かるけど、そもそもウチらにはこの偽者女をおびき寄せる手段が無いっしょ」

はるるに窘められて、冬子は苦々しい顔でコーヒーを啜る。

「せめてSNSで繋がりがあれば、何かしらの投稿やメッセージで呼びかけることも出来ますけどね。どうです？」

「SNSは全部鍵をかけているみたいだし、それは厳しいかな……」

イブちゃんの案を否定しつつ、あたしはもう一度スマホを操作する。

夢野さんから教えてもらった、椿森さんのＳＮＳは全て夏休み前から動いていないらしく、メッセージアプリに関しては、知り合い全員がブロックされている徹底ぶりだ。

「何かあたしたちが出来ること、伝えられることは……あっ！」

そうだ。別に正規の手段で会う必要はないかもしれない。

後ろめたいことがある人なら、相応のことをしても問題にならないはず。

「ねえ、みんな。この自称椿森さんのことを脅迫……してみない？」

そして、週明けの学校。

他の生徒が登校してくるまで、まだ二時間近くも猶予がある。部活動ですらまだ朝練には早い。そんな時間に、あたしたち四人は空き教室である人物が来るのを待っていた。

誰も言葉は交わさない。本当に来るだろうかという、一抹の不安だけを共有している。

だけどそれもほんの僅かな時間。教室の扉が開く音によって、その不安は霧消する。

「……あなたたちが私を呼び出したの？」

現れたのは椿森カンナを演じていた、偽者の女子。

だけど本名も分からない現状、あたしは彼女を椿森さんと呼ぶしかない。

「そうだよ、椿森さん。朝早くから来てくれてありがとう」

「ありがとう？　うわー、性格悪いなあ。誰でもあんなことをされたら、来るしかないでしょうに。ＳＮＳのアカウント、面倒くさがらずに全部消しておくんだったなあ」

自虐的に笑う椿森さん。あたしが彼女にしたのは、とてもシンプルな脅迫だった。

ＳＮＳでアカウントを作成し、鍵アカウントの椿森さんに友達申請をする。

ただそれだけ。だけど、彼女には無視できない理由があった。

「だって、【お前の秘密を暴露する】なんて名前のアカウントに友達申請されたら、通知画面を二度見するよね。流石に焦ったわ、あれ」

ＳＮＳを見てなくても、アカウントが残っていればスマホに通知は行くはず。

メッセージが送れないあたしたちが、ＳＮＳのシステムを利用した脅迫文。

その効果は絶大だったみたい。大成功だ。

「さて、と。色々とあなたたちにはバレているみたいだから、改めて自己紹介をしないとね。私の名前は白菊いろり。二十歳の大学中退ニートだよ」

「二十歳……？　そもそも、女子高生ですらない？」

「そうだね。超難関大学に入ったはいいものの、そこでモチベが燃え尽きて腐った典型的なガリ勉女子。前期の授業が終わるころには、もう大学行くのを止めていたかな」

まるで接点が浮かばない。どうして白菊さんが、椿森さんと繋がったのか。

「あなたはカンナちゃんと、一体どこで出会った？」

焦れた様子で冬子があたしの前に出て、強い口調で白菊さんに尋ねる。

だけど彼女は動揺を見せず、大人の余裕で対応をする。

「私は元々、椿森カンナのお父さんと知り合いだったの。あの子のお父さんは大学で教授をやっていて、講義でお世話になったから」

椿森さんの家は裕福な良家だったという噂があった。大学教授ならその話も納得だ。

「で、自主退学する時に大学で偶然会って話をしたわけ。その時に娘さんの話になって、成績がどうだとか、不登校気味で退学寸前だとか、そういう話を聞いてね」

嫌な予感がした。娘の不出来を恥じる親。

そしてそこに娘と近い年齢の教え子が現れたとすれば……。

「まさか、椿森さんの父から『成り代わり』を頼まれた？」

あたしの言葉に、白菊さんは首肯する。

「多額の報酬と、住居を提供してもらって、ね。ニートだった私には断る理由が無いよね」

「嘘、だろ……」

冬子は信じられないと言った様子で、力なく呟く。あたしも同じ気持ちだ。

親が娘の人生を非合法的な手段で、強引に書き換えていいわけがない。

椿森さんには椿森さんだけの、かけがえのない青春があったはずなのに。

「幸い、私とあの子は、体格や顔の要素は似ていたから。あとは成り代わる時期を窺ったの。元々不登校気味なら、夏休みっていう長期休暇を利用することにした」

白菊さんは持参したトートバッグから、分厚い書類の束を取り出してあたしに渡す。

そこには『椿森カンナ』の詳細なプロファイルが記されている。

趣味や人間関係、過去のこと。得意な教科から足のサイズまで、何もかもが事細かに。

「お勉強は得意だったから、その間にあの子から聞いた話を整理して暗記してさ。私はそのまま、夏休み明けから二度目の高校生活を過ごすことになった」

元々、椿森さんは存在感が薄くて成り代わりは容易だったこと。

かつて有名進学校に通っていた経験から、学校の勉強には困らなかったこと。

そんなことを語って、白菊さんは小さな笑みを浮かべる。

「すごく楽しい青春だった。自分の高校生活がクソみたいな勉強漬けだったから、余計にね。恋愛だけはボロが出たら困るから避けていたけど、それでも悪くない毎日だった」

「……どうして、あなたはそんな毎日を終わらせることになったの？」

「そりゃあ、続ける必要が無くなったから。私がこのまま椿森カンナとして卒業しても、親にとって何の価値もない。ここで契約終了っていうこと」

あたしは考える。その発言の真意を。

白菊さんが椿森さんのためを思って、この成り代わり生活に終止符を打った？

いや、違う。今更椿森さんの復帰は無理だし、彼女は二度目の青春を心から楽しんでいるようだった。つまり、それは――。

「椿森カンナは二週間前に、手術の為（ため）に海外へ向かったの。もうここには戻らないよ」

白菊さんの口から、予想外の言葉を告げられる。

成り代わりが発覚した時点で、人前に出られない事情があることは察していたけど。

だけどその理由は、想像以上に辛（つら）いもので。

あたしやはるる、イブちゃんは……それを受け止めることが出来たけど。

ただ一人、この場に居る「椿森さんの友達」だけは、そうじゃない。

「そんなの、って」

冬子（ふゆこ）だけが、この場で誰よりも酷（ひど）いショックを受けていた。

何か言葉を吐き出そうとして、ただ口を何度も開きかけるけど、その先は続かない。

それを知ってか知らずか、白菊さんは話を続ける。

「あの子が学校を休みがちだったのは、病気が原因だったみたい。成績は途中までむしろ良かったみたいだけど、梅雨明けくらいにはほぼ学校に行けなくなったの」

「持病を抱えていた、っていうこと？」

「そう。入学した頃から徐々に悪くなっていたの。私が成り代わりをしている二年で、更に病状は悪化していって……夏休み前にはもう、相当深刻な様子だったね」

椿森さんを演じる白菊さんが、不登校になったのは夏休み直前。つまりご両親はその時点で娘を海外に連れていくことを決め、白菊さんに契約終了を言い渡したんだ。

『何かワケありのようでした』

暦先生が他教員に事情を聞いてくれた際、学年主任の歯切れが悪かったのは、椿森さんと白菊さんの「成り代わり」を、ご両親から聞いていたのかもしれない。もし手術や療養が長期にわたるなら、公的手続きなどを筆頭に、青春の代役を続けるにも無理がある。

病気による入院。思い描いていた青春と……人生の消失。

その辛さはあたしにもよく分かる。たくさんの人に助けられて、何度も奇跡的な巡り合わせがあったおかげで、あたしは今こうして女子高生をやっていられるだけだ。

「これが私の全て。椿森カンナを演じていた、白菊いろりっていうニート女の正体。さて、それじゃあ話は終わりでいいかな？　これ以上は何も知りたいことは無いと思うし」

あたしたち四人は、この謎の終焉を察していた。

的外れな推理も、期待に満ちた願望も、その全てを打ち砕かれて。

白菊さんはあたしたちの表情を見て事情を察したらしく、思い出したように手渡した書類の一番下を指差す。

「そのページだけはあの子の直筆だから、良かったら読んでみて。それじゃあ、バイバイ。可愛い『本物』の女子高生の皆さん」

白菊さんは教室を出て行った。きっと、あの制服を着るのは今日が最後だろう。あたしたちが暴かなくても、この謎は自然消滅していたかもしれない。知らないまま、忘れて。思い出になってしまった方が――。冬子は、どれほど楽だったろう。心に傷を負わなくて済んだはずだった。

「……最低だ」

沈黙が支配する教室に、小さな呟きが響く。

そしてすぐに、現実から逃避するような速度で、冬子は駆け出していってしまう。

「冬子！」

「フユ！」

あたしたちが声をかけても、冬子は一切振り返らない。

二人の関係を何も知らないあたしたちが、勝手に割って入っても許されるだろうか。気休めにもならないような慰めが、冬子の傷を深くしてしまわないだろうか。そんなことを考えてしまって、あたしとはるるは動き出せなかった。けれど。

「追いかけてください、先輩方！」

背中を押してくれたのは、珍しく声を荒らげたイブちゃんだった。

「今の冬子先輩に何かしてあげられるのは、友達であるお二人だけです。余計なことを考える暇があったら……すぐに追いかけて、抱き締めればいいじゃないですか！」

この子からこんな熱い言葉を貰うなんて、思いもしなかった。

距離が近いからこそ、考えすぎちゃった。ちょっと引いたところからあたしたちを見ているイブちゃんからすれば、滑稽な配慮に見えたかな。

「行こう、はるる！　冬子がバカなことをしないうちに！」

「おっけー！　可愛いバカを迎えに行くのはウチらバカの役目だからね！　イブちゃん、ちょーっとだけ待っていてね？　フユを全力で愛してくるから！　ふへへ！」

「はい、では音楽室で待っています。バンドの朝練、まだですから。よろしくです」

イブちゃんに見送られて、あたしたちは廊下に飛び出して走った。

冬子が行きそうな場所。思い当たる場所は一つしかなくて。

はるるも同じ考えだったみたいで、あたしたちの足はずっと同じ方向に進んでいった。

校舎裏にはプレハブ屋根付きの駐輪場がある。

だけどあたしたちの学校は駅やバス停が近くにあることもあって、利用している生徒はそれほど多くない。日当たりも悪く、登下校時刻以外は生徒が近寄ることのない場所だ。

例えば授業をサボるような不良生徒には、お決まりのスポットとなっている。

あたしと出会う前は、よくここで隠れて読書をしていた……って。

「教えてくれたよね、冬子」

駐輪場の一番奥、敷地外との境界に立てられたフェンスの前で、冬子は何をするわけでもなくただ立ち尽くしていた。

まるで、迷路で行き止まりに突き当たった子供みたいだった。

「……僕から会いに行かなくても、どこかで会えると思っていたよ。同じ学校だから。三年後に会う約束をしたから。そんな慢心があったから……僕は彼女を蔑ろにしていた」

フェンスに手をかけて、だけど決して振り向くことなく。

冬子は独白を重ねる。心に詰まっていた言葉を一つ一つ取り出しながら。

「特進科は忙しい。時間が合わないのは当然。それが普通だって思っていた」

「スマホが壊れた。だけど連絡を取れなくても大丈夫。そう思い込んでいた」

「二年生、三年生になってもあの子とは会わなかった。そこで気付くべきだったんだ」

「言い訳ばかりだった。会う事を後回しにしていたんだ」

「僕には僕の青春があって、あの子にはあの子の青春があると……勝手な線を引いて」

「向けられた好意に甘えて、軽んじて、何もしなかったんだ」

どうして。どうして。どうして。

そんな後悔ばかりを重ねて、冬子はフェンスから手を下ろす。

その小さな手は力を込めすぎて、酷いくらい震えていた。
「病と闘う彼女が安心するような言葉や、明るい笑顔とひと時を……どうして僕は、与えてあげることが出来なかったのかな。きっとあの子は、それを望んでいたはずなのに」

最低だ、僕は。

教室で呟いた言葉と、その続きを口にして、冬子は項垂れる。
自責の念に圧し潰されて、今にも全てを捨ててしまいそうなその背中を。
あたしとはるるは、ただ優しく抱き締めることしか出来なかった。
慰めの言葉や、同情するような涙を流す必要は無いのかもしれない。
きっと冬子は明日からも後悔を続けて、自分なりの答えを見つけるんだと思う。
だから今は……あたしたちに身体を預けて、温もりを求める冬子に――。
「大丈夫だよ、冬子」
その言葉と共に寄り添って、傍に居る。ただ、それだけでいい気がした。
数日後。あたしとはるる、イブちゃんは三人で放課後の体育館に来ていた。

文化祭ではメインステージとなる、大舞台。当日はここで様々な出し物が披露される。

そして今、目の前でリハーサルを行っている部活もその一つだ。

「相変わらず、何をやらせても格好いいからずるいよね。冬子は」

冬子は演劇部に一時的に加わり、椿森さんの……正確には白菊さんの代役を演じることになった。

偽者の女が築いた青春。それに関わるのはおかしな話だと思うかもしれないけど。

実は、今回演劇部が披露する劇の脚本を書いたのは――。

「本物の椿森さんが中学生の頃から、ずっと温めていた脚本だもん。そりゃあ、主役はフユ以外居ないよねー」

はるるの言う通り、椿森さんは最後に大好きな友達に向けて、一ページだけの拙い青春物語を残していた。

それは脚本というより、あらすじ。一つのお話というより、一通の恋文だったけど。

冬子はそれを読み終えて、たった一晩で脚本を仕上げたそうだ。

「夢野さんが受け入れてくれて良かったよね。最初は半信半疑だったけど」

成り代わりの件について、白菊さんと最も親しかった夢野さんには詳細を語った。

それを聞いた彼女は驚いていたけど、同時に寂しそうでもあった。

「……夢野先輩にとっては白菊さんこそが椿森先輩で、本当に大切な友人だったわけですからね。それが偽者だと聞かされたら、普通はショックを受けるはずですけど」
イブちゃんの言う通りだ。それどころか、拒絶すらするかもしれない。
それでも夢野さんは、二人の『椿森カンナ』を受け入れてくれた。
顔も知らない本物と、青春を分かち合った偽者。
脚本を読んだ夢野さんは、冬子に向けてこう言ったらしい。
『私はどっちの椿森さんも、素敵な子だと思うの。だからこの二人をもっと知りたい』
冬子は椿森さんの、夢野さんは白菊さんの。
それぞれ大切な友達の話をして、脚本を直し合って。
そして二人は今、舞台で向き合っている。
冬子は椿森カンナを。夢野さんは白菊いろりをモデルにした人物を演じながら。
「頑張ってね、冬子」
自分を大好きでいてくれた友達を心から想いながら。
自分も大好きだった友達の影を、舞台の上で見つけるために。
冬子は声を張り上げる。
かつて同じ時間を分け合った、かけがえのない旧友に届けるように。
ステージの上で、胸の中にある想いを台詞に込めて、大声で叫ぶのだった——。

第三話　未来への軌跡

「第九回！　ガールズバンドの衣装はどれが一番エロいか選手権ー！」

「いぇーい！　パチパチパチ！」

「え？　またこの選手権やるの？　何か見えない力に介入されてない？」

　いよいよ文化祭開催が近づいてきた、ある日の放課後。

　何だかんだで続けていたバンド演奏もかなり形になり、生徒会執行部に冬子が土下座をした甲斐(かい)もあって、文化祭ステージへの参加が決まった。

　そこで「衣装はどうするか」というあたしの一言で、このとんでもないテーマの猥談(わいだん)が始まってしまったのだ。

「渚(なぎさ)先輩。これが先輩方の日常的なトークデッキの一つなのですか？」

　バンドリーダーであるイブちゃんが、とても困惑した様子で尋ねてくる。

　あたしだって困惑している。そしてこれが日常的トークデッキの一つであってたまるか。いや、似たような雑談はするけども！

「ごめんね、イブちゃん。あの人たちちょっとおかしいんだ」

「まるで自分は常識人みたいな言い方なのが引っかかりますが……まあ、いいでしょう」

「ちなみにイブちゃんは衣装どうしたい？　あのバカたちは放っておいて、何か案を出してくれると嬉しいかも」

「そうですね。私は全身ラバータイツを提案します」

「最悪すぎる！　後輩までバカどもの悪ノリに、マニアックな衣装で参加してきた！」

「顔まで覆うタイプがすごく卑猥でいいですよね。何か無機質な異形の存在が日常に現れたみたいで二つの意味で興奮します……しませんか？　しますね！」

「出会ってから今日までで一番テンション高いの嫌だぁ……絶対に却下だから！」

ちなみにイブちゃんの意見を聞いた王子様系バカは「深い……」と頷き、ギャル系バカは「激しく同意」と呟いている。まとめて地獄に堕ちてしまえ。

「ウチは王道の水着かな！　ほら、ウチらってサマーズって呼ばれているからさ。ギターとベースのストラップを胸の谷間に通せば、男子の目は釘付け間違いなし！」

「うん。文化祭実行委員と生徒指導部からは目を付けられること間違いなしだね？」

「僕は迷ったけど浴衣かな。もちろん下着は着用禁止。合法的に露出している気分にもなるし……すごく、エッチだ……」

「あんた頭の中で打ち上げ花火でもしている？　一緒に爆散しちゃいなよ」

否定を続けるあたしに、バカたち（今回はイブちゃんも含む）は唇を尖らせる。その顔むかつくからやめてー？

「だったらナギが衣装考えてよ！　バンドメンバーで一番ムッツリなくせに！」

「そうそう。渚と比べたら僕たちの考える衣装なんて、可愛いものじゃないか。どうせ前みたいに僕らが引く妄想をぶつけてくるんだろう?」

「もっと知りたいです、渚先輩のこと。どれだけ頭ピンクなのか教えてください」

「い、言わせておけば……! あんたたち、あたしのことをどんな女子だと思っているの!? 前も言ったけど、あたしは平均的な思春期女子だから!」

あたしの反論に、しかし三人は「それはない」と口を揃えて否定する。

ぐぬぬ……! だったらちゃんと証明して——いや、ダメだ!

「またそうやって、あたしを挑発して何かヤバい発言を引き出そうとしているわけね。可愛い後輩の手前、そんな失態は絶対に冒さないから!」

思惑を見抜かれた冬子とはるるは、悔しそうに顔を歪める。やっぱりかい!

二人にはもちろん、別の場所でも嫌というほどイジられて、セクハラ発言もされて、あたしは大人になったのだ。

今更そんな罠に引っかかるわけがない!

「そもそも全員が安直なセクシー衣装に走りすぎ。考えてみて? リアルに文化祭とか学校で見ることが出来るラッキースケベ的なのって、もっと慎ましいじゃん。例えばほら、下駄箱で脱いだ靴を持ち上げようとして、油断してスカートから下着が見えちゃうとか。男子にとってそういうささやかな幸せの方が、強く印象に残るの。あたしはあたしで、偶然下着を好きな男子に見られたことに動揺して、その日は一日中憂鬱な気持ちになっちゃうけど、家に帰ってベッドで寝る時に思い出すの。今日の下着は見られてもいいやつだったかな、って。どうせ彼に見られるなら、もっと可愛いやつが良かったかな……とか。もしくは彼を興奮させるために、際どい勝負下着を穿いておけば良かったかな……とか。ベッドから出てパジャマを脱いで、確認するために何となく下着姿になってみたはいいものの、急に恥ずかしくなっちゃうわけ。もういっそ彼にどんな下着が好みか聞きたいけど、結局は片思い。そんなことをしたら痴女になっちゃうから、悶々とした気分で寝るしかない。せめて夢の中ではもっと強引に、積極的にあたしを求めてもいいのに。ヘタレの彼は未だに友達以上恋人未満のままで、卒業まで一生このままなのかな……二人でもうちょっとだけ、甘い青春を送りたいのに。それなのにあいつときたら、そもそも文化祭間近なのに、全然学校には来ないし！　あたしは一緒に文化祭を回るつもりだったのにさー！　会いに行けば他の女の子の話ばかり！　ああもう！　あたし、このままでいいのかなぁ!?　ねえ、みんなはどう思う!?」

「分かんにゃい……」

「分からないよ……」

「分かりません……」

気付けば三人は音楽室の隅っこで、何故か怯えた目をあたしに向けている。

どうしてだろう？　確かにちょっと話は長かったけど。

「分からないかー。じゃあもう少し話を続けてもいい？」

「いや、大丈夫！　ノーコンティニュー！　どうか落ち着いて下さい、ナギぃ！」

「い、衣装の話は終わりにしよう！　喉渇いたから自販機行こうよ！」

「最後の方、何かリアリティある愚痴に聞こえましたが……あ、いえ。何でもないです。衣装は制服でいいですよね。は、ははは」

「あ、ごめん。衣装の話だったよね。ウエディングドレスもいいかも。あたしはまだ着ていないし、花嫁姿を見たらきっとあいつだって……むぐぅ」

ちゃんとお題に沿った話をしようとしたのに、何故か物凄い形相の冬子とはるるに口を押えられてしまった。ちょっと喋りすぎちゃったかな？

それからあたしたちはバンド練習を終えて、下校することにした。

そこでローファーを取り出そうと、下駄箱を開けると……。

「あれ？　何だろう、これ」

中に何か包みのようなものが入っていた。プレゼントにしては包装が質素だ。

びりびりと破いて開けてみると、本のような物が出てくる。

「ナギ、何それ？　日記帳？」

あたしの様子に気付いて、はるると冬子が一緒に横から覗き込んでくる。

言われてみれば確かに、本やノートというよりは日記帳みたいな形だ。

「分かんない。中に何か書いてあるのかな?」

開いてみるとページは全て真っ白で、代わりに写真が挟まっていた。

「あたしの……写真? しかもフィルム写真だ。いつ撮ったやつだろう?」

「渚の髪が長いから、少し前のものだね」

教室で授業を受けている、あたしの横顔だ。写真右下の日付は消されている。

「何これ。全く意味が分からないし、ちょっと不気味かも。普通にストーカーっぽい。こういうのって担任に相談すればいいのかな?」

先生たちこの日記帳を提出して、校内の見回りを強化してもらうとか。

今更ストーカーくらいで怖いとは思わないけど、嫌なことには変わりないからね。

「ねえ、冬子、はるる。職員室行ってもいい? この日記帳のことを――」

「いえいえ、それは異世界人の仕業ですよ、渚先輩」

いつの間にか二年生の下駄箱から、靴を履き替えたイブちゃんが戻ってきていた。

「い、異世界人? どういうこと?」

「私がSNSの同級生ネットストーキングで手に入れた情報によると、オカルト部で噂になっているようです。別世界の存在が私たちの世界にやってきた痕跡を残していると」

相変わらず悲しすぎる情報収集の方法はさておき。

「よくある都市伝説みたいなこと？　タイムスリップしてきた異世界人が、ネット掲示板に現れて予言めいた発言を残していく……みたいな」

「まあ、それに近いかもしれないですね。その日記は未来人の遺物だそうですよ」

イブちゃんがあたしの手の中にある日記を指差す。

「その日記には別世界の渚先輩が体験した日常が記されていき、この世界の渚先輩に影響を及ぼすそうです。二つの世界の交換日記とも言えますかね」

「……ええ？　流石(さすが)にちょっとバカバカしいっていうか、信じられないけど」

だけどこの世界には、信じられないようなことがたくさんある。

見えている世界の少し裏側に足を踏み入れるだけで、今まで築き上げてきた常識や概念が一気に引っ繰り返ってしまうことが、数えきれないくらいに。

もし、これが本当にそういう超常現象を伴う道具だったら……でもなあ。

「分かった。それなら試してみようよ。これがストーカーの仕業なのか、都市伝説なのかを！　あたしは後者だと思うけどね！　それで、この日記をどうすればいい？」

「渚が家に持って帰ってみるとか？　あるいは、僕やはるるに預けてくれてもいいし」

「うーん……それもいいけど、本当に勝手にこの日記が更新されるなら、誰の目にも届かない場所に置くのがフェアじゃない？　例えば、教室のロッカーとか」

男子は知らないけど、女子はロッカーに色々な物を詰めているので（乙女の秘密とか、体育後のケア用品とか）鍵を付けている生徒が多い。

そこなら男子禁制どころか、誰にも開けられることはない。

「いいんじゃない？　ウチらも監視しておくから、一緒に入れに行こうよ！」

「ワクワクしますね。渚先輩のロッカーには何が入っているのでしょうか」

「いや、女子同士でも流石に中は見せたくないけど？」

「何ですか？　男子から盗んだリコーダーでも入れているのですか？　んん？」

「発想が男子小学生すぎる」

あたしたちは一度教室に引き返し、ロッカーの中に日記帳を入れて施錠した。

南京錠と違ってシリンダータイプだし、破壊されない限りは開けられないはず。

「さて、異世界人だかストーカーだかの、お手並み拝見といきましょうか！」

そして翌日。あたしは三人と一緒に教室のロッカーを開けてみる。

「うん。誰かに悪戯された形跡はないよね」

日記とロッカーの中は無事だ。じゃあ、中身はどうなっているのだろう？

「……昨日まで何も書かれていないページだったはず、なのに」

日記を開いた最初のページには、昨日の日付と共にこう書かれていた。

【今日は彼氏とお泊まりデート。可愛いって褒められたいから、勝負下着を用意する。あたしはいつだって、彼のために何だってしてあげたい！　えへへ！】

そして隣のページには、制服姿のあたしが手で目元を隠した自撮り写真。

ＳＮＳで少し卑猥なアカウントのメディア欄に、絶対一枚はあるような写真だ。

あたしの写真を見た三人が、何かを察したような視線を向ける。いや、待って？

「ち、違う！　あたしはこんな写真を撮らないし、そもそも彼氏とか居ないし！　欲求不満じゃないし！　信じてよ！　こんなの絶対に合成写真だ！」

「どう見てもナギでしょ、これ。昨日の写真と同じで髪が長い頃のナギだし、リボンも似ているし。そもそもこれフィルム写真だから合成も簡単には出来ないっしょ」

「くっ……はるるに論破されるなんて……！　ふ、冬子ぉ！」

「僕に言ってくれれば、いくらでも解消させてあげたのに……！　お金だっていくらでも払ったよ!?　どうして自分を安売りするのさ！　今夜は僕の部屋で過ごそう！」

「涙を流しながら欲望を剥き出しにしつつ、説教をかまさないでくれる!?　イブちゃん助けて！」

「私たちは思春期ですから何も言いません。リベンジポルノだけは気を付けましょう」

「いや別にこれはセクシーな写真とかじゃないから！　このバカたちあたしを擁護する気ゼロか！」

　ぐぬぬ……誰も信じてくれない！　だったら、あたしが出来ることは一つだけだ。

「決めた。あたしはこの『謎』を解くことを、今から人生の最重要任務にする」

　夏凪渚の尊厳と高校生活を脅かすなんて、どう考えても史上最悪の謎だ。

「……単なるストーカーにはこんな写真撮れないと思うし、その可能性は潰れたよね」

　もしも本当に、この謎を作ったのが別世界のあたしだとしたら――。

「こっちの世界に引きずり込んで、説教する！　後は……だ、誰と付き合っているのか教えてもらって、相手次第ではもっと怒る！　だからみんな、手伝ってくれるよね⁉」

　三人はちょっとだけ苦い顔をしていたけど（なんで？）、それでも最終的に頷いてくれた。

　文化祭前にこの気持ち悪い日記の正体を、絶対に掴んでみせる……‼

　あたしは自分が決めた最高に楽しい青春を過ごすんだ！

「そもそも異世界のあたし……渚Bが経験した出来事が記されるなら、対策すればいいと思わない？」

昼休み。あたしたちは学食でランチを食べながら、日記の対策を講じる。

「渚Bって分かりづらいなあ。別の呼び方にしようよ」

「昨日の内容から察するに、ナギよりエロいナギなんだから、エロ凪でいいと思う！　で、こっちの渚はピュア凪。あるいはチェリー渚！」

「多分あの写真、エロ凪先輩が彼氏を家でお迎えする前に撮った写真ですよね。彼氏が来る前に勝負下着を着用するとか、卒業式の前に別の卒業をする気満々じゃないですか」

冬子、はるる、イブちゃんは好き勝手言いまくってくる。これイジメ？

「うるさいっ！　全員未経験のくせに、好き勝手言うなあ！　ていうか……さ、三人は実際のところ、どうなの？　夏休み明けだし、実は何かある？」

周りの席に座っていた男子生徒グループが離席したのを確認して、あたしは声を潜めながら三人に尋ねる。

春夏冬トリオは下ネタで笑いを取ることはあっても、実は踏み込んだ話題は滅多にしたことがない。妄想が主体の恋バナくらいはするけど、誰一人彼氏が居ないから……。

「私はメチャクチャ経験豊富ですよ。聞いたら先輩方が卒倒してしまうかもしれません」

「え!?　嘘……イブちゃんって、男子にあんまり興味ないと思っていたけど」

「いいえ、興味しかないですよ。ただ語りたい気持ちはあるのですが、私は記憶喪失ですから。多分以前は目についた男全員と関係を持っていたはずです。分かりませんが」

「記憶喪失である自分を存分に使ったボケはやめよう？　冬子とはるるは？」

あたしが尋ねると、二人は顔を見合わせて何やら顔を近づけて話し合う。

「あんたら二人が実は恋人同士っていうオチはやめてね？」

「ははは、残念だけどそれは無いよ。夏休みになってからさ、はるると二人で一緒に海に行ったんだけど」

「誘われてない！　あたし、それ誘われてない!!」

「だってナギ、何か知り合いの伝手で豪華客船に乗せてもらうって言っていたじゃん」

「あうっ」

「しかも僕らを誘って水着を買いに行ったのに、まさか自分だけ旅行に行くとかずるい女すぎるよね」

「あううっ……」

それは申し訳なかったけど！　何なら二人も連れて行きたかったけど！

流石に乗せてもらう事情が事情だけに、「学校の友達も連れてきていい？」なんて、言い出せるわけがなかった。

「ナギが船上プールとかおいしそうなディナーの写真を送ってくるから、ウチらも二人で海に行ったわけ。そこでちょっと……でへへ」

「あー、あの話だね。中々貴重な経験だったかも。あはは」

二人は頬を赤らめて、二人だけで思い出を共有する。何それ、ずるい！

「一体何があったのですか！　先輩方！」

鼻息を荒くして食いついているのは、イブちゃんだ。男子に興味しかないって断言している辺り、実はこの中で一番ムッツリなのかもしれない。

「ウチらがビーチで休んでいたら、二人組の大学生に声をかけられたの。ウチらが動揺している間に二人で挟むようにして、隣に座ってきてさ」

「馴れ馴れしく肩を組んできて、鎖骨の辺りに手を置いてきたよね。視線はどう見ても胸元や腰だったし、わざとらしく顔を近づけて喋ってきて……」

「うん。もう本当にそういう目的で近づいてきたよね。でもウチらも持て余していたから、そのまま大学生がビーチに張ったテントに遊びに行っちゃって、そこで水着を――」

「だ、だめー!!　な、な、なんでそんなに簡単に心を許しちゃうの!?　そんなの絶対、しちゃいけないいから！」

思わずあたしは立ち上がって、二人に向かって叫んでしまう。だって。

「あんたたちが本当に好きな相手が出来て、そういうことするならいいけど……そんな気軽に身体を触らせたらだめでしょ……！　女子高生を相手に、遊び感覚で……っ！」

卑劣な男たちにあたしの友達が好き勝手されたと、想像するだけで悲しくなってくる。

もしもあたしが二人と一緒に居れば、そんなことはさせなかったのに……！

「ごめんね、ナギ。でもウチら……どうしても我慢出来なくて」

「うん。僕たち……夏の日差しに耐えられなくて、声をかけてくれた女子大生のお姉さんに日焼け止めを借りたのさ。急な思い付きで海に行ったから準備不足でさ！　あはは！」

「倍殺し！」

あたしは二人の頭頂部に、思いっきり手刀を振り下ろした。

両手を使って、文字通りの倍殺し。ダブルキルだ。

「バカ！　バカバカバカ！　余計な心配させないでよ！　そりゃあ……あたしも、二人と遊べなくて悪かったけど……二人には、いつだって健やかで居て欲しい、よ」

夏は特に、二人と離れて過ごすことが多かった。

学校で補講がある時はいつもの三人で過ごしていたけど、それ以外の日々はあまりにも多忙で非現実だったから。

だからあたしにとって二人は、大切な日常なんだ。いつ帰ってきても、いつも同じくらい楽しくて、いつも大好きだって思える……かけがえのない居場所。

「ごめんね、ナギ。ちょっと意地悪しちゃった」

「僕らも渚(なぎさ)に放っておかれたみたいで悲しかったのさ」

あたしが《探偵代行》になって、《名探偵》を継承するまで……あたしたちはいつも一緒だったから。だからこそ、二人にも寂しい思いをさせていたんだと、今更気付く。

「……うん、いいよ。せっかく可愛い後輩も出来たわけだし、これからはもっと一緒に居ようね。あたしも二人を優先するから！」

「ナギぃ！　好きぃ！　これからも共依存しまくろうね！」

「いや、その表現はちょっとヤダ……」

「心配しなくても、僕らは今更離れることはないよ。あ、でも女子大生のお姉さんにオイルを塗ってもらったのは最高に気持ちよかったし連絡先は交換したけど」

「うん。その女子大生と今後密会したら冬子とは絶交だから」

「束縛が強すぎない!?　じゃ、じゃあ渚が僕の背中にオイルを塗ってよぉ……」

「あはは。それは絶対に嫌」

「何だか、先輩方って素敵な関係ですよね」

いつもみたいに春夏冬トリオでじゃれ合っていると、イブちゃんが少しだけ寂しそうな顔をする。

「互いに貶し合い、足を引っ張り合い、重めのセクハラで盛り上がれる三人組。誰かに彼氏が出来たら闇討ちにでも行きそうな殺伐感。憧れます」

「絶対褒めてないでしょ、それ!?」

「だけど気心の知れた仲間だっていうのが分かるから、羨ましいのは本当ですよ。私が探している相手も……そういう人だったらいいのに」

イブちゃんが探している人は、未だに進展が無い。

開かずの部室の件も、椿森さんの件も、全く関係が無かった。

バンド演奏の完成度も高まってきたけど、結局イブちゃんがどういった理由であの曲を作ったのかも思い出せないまま。

この日記帳だって、確かに謎はあるけどそれに付き合う必要はない。

「……やっぱりこの日記帳の調査、止めようか。こんなの手の込んだ悪戯だと思うし、放置していいよ。それよりもイブちゃんの記憶を取り戻す方が」

あたしがテーブルの隅に置いたままの、例の日記帳に手を伸ばそうとすると。

「それはダメです」

イブちゃんが強く否定して、続ける。

「私はこう見えても寂しがり屋なので、皆さんと一緒に居たいです。皆さんと青春を過ごしたい。だからもうちょっとだけ……遠回りしても、いいと思うのです」

そっか。たとえ謎解きに自らの記憶が関係無いとしても――。

イブちゃんは、あたしたちと過ごす時間を楽しんでいるんだ。

記憶を失って不安な中で、春夏冬トリオがこの子の救いになっているなら。

「分かった。じゃあお言葉に甘えて、この『謎』と向き合わせてもらうね。ただし！」

あたしは椅子に座るイブちゃんの背後に立って、包み込むようにして彼女を抱きしめる。

「イブちゃんもあたしたちに甘えてね！　あたしたちは三年生で先輩だし……何より、イブちゃんのことが好きだから！」

冬子(ふゆこ)とはるるの方を見ると、二人も一緒になって左右からイブちゃんに抱き着く。

女子四人でくっつくには、まだまだ暑さが厳しい気もするけど。

それでも、イブちゃんが。

「……ふふっ。バカなんですか、先輩たちは。でも、ありがとうございます」

楽しそうに笑ってくれたから、この暑苦しさも心地よく感じた。


「そもそも、あたしのロッカーに入れたのが間違いだったと思う。ああいう鍵付きのロッカーはその気になればピッキングとかで簡単に開けられちゃうから」

「なるほど。僕らのうち誰かがしっかり持ってさえいれば、勝手に日記の内容が増えることはないっていうわけだね。ついでにストーカーへの対策にもなる」

「ちゃんと管理してくれる相手に預ければ、それが一番防犯になるってワケね！」

「恐らくここなら大丈夫でしょう。生徒が立ち入れない場所ですから」

そんな会話をしながら、あたしたちは例の日記帳を鞄(かばん)に入れようとしていたのだが。

「ちょっと、ちょっと？　お待ちなさい。何をしているのですか、夏凪さんたち？」

その鞄の持ち主である、暦先生が困惑した様子で制止してくる。

放課後の保健室。あたしたちは今度こそ誰にも手出しが出来ない場所を探して、いくつかの案を出したんだけど……。

「何も言わずこの日記帳を預かって下さい、暦先生」

「いや、理由は説明しましょう？　別に日記を預かるくらいはいいですから……」

「うわぁー……ココちゃん、鞄の中にお酒の空き缶が入れっぱなし！　しかもカルパスの残骸まで！　小銭が鞄の中で散らかっているの、リアルな感じがして嫌だなあ……」

問答無用で鞄を漁り続けるはるるに、暦先生は悲鳴を上げる。

「ぴゃー!?　や、やめてください！　先日たまたま帰りにコンビニの前で飲んでいて、ゴミを捨て損ねただけですから！」

まさか大好きな先生が哀愁漂わせながら、コンビニ前で一人酒を煽っていたなんて……。

「私の鞄はいいですから！　一体何なんですか!?」

顔を真っ赤にして恥ずかしがる暦先生に、あたしたちは日記帳のことを語った。

話を全て聞き終えて、暦先生は興味深そうに日記を手に取る。

「異世界の自分が体験したことが記される、謎の日記帳ですか。面白いですわね」

「暦先生は信じますか、これのこと」

「ふふふ。意外ですか、夏凪さん？　私は結構ロマンチストなので、あってもおかしくはないと思いますよ。世の中、不思議なことは案外多いものですから」

心霊や超常現象の類は、世界を知れば知るほど、興味が薄れるものかもしれない。

だけど暦先生のような大人になっても、心躍らせるものだっていうのが何だか嬉しい。

「ねえねえ！　コヨちゃんは異世界の自分が何していると思う？」

はるるに尋ねられて、暦先生は「うーん」と唸りながらも考える。

「……世界最強の女、とか」

その言葉に思わず首を傾げるあたしたちに、暦先生は慌てて言葉を続ける。

「ああ、いえいえ！　ちょっとした冗談ですよ？　幼い頃に抱いた誇大妄想です。皆さんも部活や勉強とかで一番を志したことくらいあるでしょう？」

それと同じです。そう言って、暦先生は話を打ち切った。

だけどあたしは何となく、その言葉がそういう類のものじゃない気がしていたけど。

深入りするのは野暮だから、これくらいにして、と。

「そういうわけなので、この日記を預かってくれますか？」

「それは構いませんが、夏凪さんたちが持っている方が確実なのでは？」

「それも思ったんですけど、誰かが目を盗んでこの日記に細工をしているなら、あたしたちが持っていない方がいいと思うんです」

仮に日記の細工をしている奴を犯人と呼ぶとして、この日記があたしたち四人のスクールバッグやロッカーにあると知っているとしたら、犯人は何らかの手段で盗み出し、内容を更新して戻してくるはず。

「暦先生の家や鞄にあるなら手出しが出来ないと思うので。お願いしてもいいですか？」

「なるほど、分かりました。では一晩預からせていただきますね」

そしてこの試みには、もう一つ理由があるのだけど。今はまだ考えなくてもいい。

それはもう少し、この謎の輪郭が浮かび上がってから確認すればいい。

「それじゃああたし、今日はもう帰るね。クラスの文化祭準備も今日は無いし、バンドの方は音源聞き込んでおくから」

「渚先輩、何か用事ですか？」

「うん。ちょっとお見舞いに行ってくるの。すごくお世話になった人だから」

あるいは、大切な人。仲間。友達。

あたしとあの子の関係を的確な言葉で表すのは難しいけど、それはあの子が目を覚ましたらちゃんと話をして、もう一回ちゃんと仲良くなってから決めようと思う。

「分かりました。文化祭までもう時間が無いので、歌詞もしっかり頼みますよ」

「うぅ……そ、それは努力します。とにかく先に帰るね！　それじゃあまた明日！」

ボーカルということで作詞も任されてしまったけど、実は全然思いついていない。

一応、イブちゃんがデモに入れていた英語の歌詞はあるけど、それはあくまで思い付きで単語やフレーズを羅列したものだから、意味は無いらしい。

せっかくの文化祭。最初で最後のステージなんだから。

「いいものにしないとね。頑張らなきゃ！」

保健室を出て、あたしは病院へと向かう。

きっと今日も、《彼》は眠り姫の隣に居るんだろうな。でも、別に嫉妬しないよ。

同じようにあたしが眠っている間も、ずっと傍に居てくれたのを知っているから。

「でも、バンドをやることは絶対に教えてあーげないっ」

卒業式の後とかに教えて、あたしがしっかり青春を謳歌したことを悔しがらせてやる。

あたしと一緒に文化祭を回ってくれない罰だぞー。ふふっ。

そして翌日の朝。あたしたち四人は保健室で暦先生から日記帳を受け取る。

「昨日は真っ直ぐ帰宅して、家で保管しましたわ。もちろん、夏凪さんから受け取ってから一度も開いていません」

暦先生は鞄から日記を取り出し、あたしに手渡してくれる。

「さて、今日の渚……もとい、エロ凪はどんな一日を過ごしたのかな？」

「ウチの予想では事後の写真かな！　彼氏と一晩過ごした後のナギが見たい！」

「渚先輩のほどほどボディ、服を脱いだらどんな感じか楽しみですね。でへへ」

ほどほどじゃないけど？　こう見えてあたし、平均よりは色々大きいけど？

隣に豊満とスレンダー、どっちの方面でも最強な二人が居るから見劣りするだけ！

ちなみにイブちゃんもそれなりだ。脱いだらあたしと似た体型かも。それより！

「そんな都合いい写真が出てくるわけがないでしょ、バカたち。どうせ猫を撫でている可愛いあたしくらいだと思う」

「なるほど！　猫を撫でているあたし可愛い！　みたいな写真ってことね」

「はるる。主語と述語を入れ替えて、親友をゲスい女に仕立てあげないでくれる？」

「いや、そもそも自分を『可愛いあたし』って言っている時点で大差無くない？」

「秒で親友を論破するのもやめてくれない？　泣いちゃうよ？」

いいじゃん！　思春期なんだから！　少しくらい自惚れてもさ！

「この話はやめにして、そろそろ日記を開くよ？」

強引に話を戻して、あたしは手に持った日記を開く。

するとそこには、二人の女子が写った写真が挟まっていた。

「……冬子。これはどういうことかなー？」

ベッドの上で何故か水着姿で恥ずかしそうに顔を隠すあたしと、恐らく服を着ていない冬子がシーツで身体を隠しつつ、あたしの肩を抱いて座っている写真。

何故か二人とも妙に顔が汗ばんでいる。

「どうみても事後です。ありがとうございました」

「あっさりと認めずに釈明してよ！　あ、あんたと二人で寝た記憶は無いから！」

「記憶にございません。そう言っておけば何でも許されると思っているのかな？　あんなに激しく僕を抱いた夜を、ただの一時の過ちにしようとするなんて。最低だよ」

「攻守逆転が早すぎない？　空間歪める技とか使った？」

でも冬子に責められるのは案外いいかも……じゃない！

「あたしがあんたをどうこうするわけないでしょ！　ほら、この文章！」

【やっぱり恥ずかしくなっちゃって、勝負下着の代わりに勝負水着を見せたら、興奮した彼に好き放題されちゃった……でも、あたしはこうなることを望んでいたから、いいの。ずっと一緒だよ、冬子。愛しているからね。チュッ！】

「キモい！　シンプルにキモい！　文章で『チュッ』とか言うな！　あたしの脳内辞書からはいくら探してもこんな使い方出てこないわ！」

「チュッ！　とは、夏凪渚が白浜冬子に対して用いる最上級の愛情表現である。例として、

『今日も可愛いね、はるる。チュッ！』など」

「あんたの脳内百科事典から引用しなくていいから！　たった一行で浮気しているし！」

冬子の事典だからフユペディア、かな？　うん、一日でも早く閉鎖しますように！

「だけどさあ、ナギ。この水着には見覚えがあるでしょ？」

はるるが横から写真を指差してきて、あたしはもう一度注意深く観察してみる。

真っ赤なビキニ。あたしが二人と一緒に買いに行った、新しい水着だ。

「うん……これ、あたしの水着だ。間違いない」

「だよね。っていうことはさ、間違いなくこの事後ガールはナギだよね。ウチはこんな窮屈な水着絶対入らないから。あはは！」

「その大きな口に窮屈な水着突っ込んで黙らせてあげようか？　あんたはあんたで、メチャクチャ際どい水着を買っていたくせに……」

はるるの選ぶ水着とか下着って、基本的に引くほどエロいんだよね。

自分の魅力を存分に活かして堂々と胸を張る（二つの意味で）のは、それはそれで格好いいけど。

「つまり冬子先輩の横にいる女子は、間違いなく渚先輩というわけですね。この水着のおかげで異世界からの写真である可能性が高まったと」

イブちゃんの言葉に何か反論しようと考えるけど、一概に否定は出来なかった。

冬子と二人でベッドの上で、汗を流した経験は「この世界のあたし」には全く無い。あってたまるか！

さて、次の対策はどうしよう。一応、あるにはあるけど。

「暦先生。ちょっと協力してもらってもいいですか？」

「またですか？　別に構いませんよ。給料も出ないのに女子高生のくだらない遊びに付き合わされるのも、教師の仕事ですから」

「悲哀と皮肉を込めた台詞を生徒に向けないでくれます⁉」

あたしがツッコミを入れると、暦先生は嬉しそうに「冗談ですわ」と笑う。多分教育委員会とかに聞かれたら冗談では済まないと思うけど、それはさておき。

「皆もついてきてくれる？　ちょっとこの後、殺しをしようと思って」

あたしの言葉に、暦先生も含めて全員が「え？」と小さく呟く。

もしかして、聞こえなかったのかな？

「殺すの。この渚B、もといエロ凪を。今から殺しに行くから手伝ってくれる？」

暦先生が案内してくれたのは、学校のゴミ捨て場だった。

あたしたちの使う教室がある棟から直結していて、たまに回収業者さんがここで仕事をしているのを何度か見たことがある。

「本当は禁止されている行為ですが、ここならいいでしょう。教員同伴ということで」

暦先生はゴミ捨て場に置かれている、備品の鉄バケツを二つ用意してくれた。

一つには水を入れて、もう一つに入れるのは……。

「これで異世界のあたしとの、奇妙な関係も終わりだね」

あたしはスクールバッグから日記帳を取り出して、バケツに放り入れる。

それから取り出したのは、百円ショップで買ったライターオイルとマッチ。

実は昨日、病院にお見舞いに行く時から一つの案として考えていたのだ。もしも明日、日記が更新されたならいっそ燃やしてしまうのもありかな、って。

「それじゃあ日記を燃やすけど、いいよね？」

一応三人の同意も取っておこうと思って、あたしが尋ねてみると。

「僕は断固反対だね。一日ごとに渚のセクシーな写真と、僕との濃密なイチャイチャフォトが送られてくるのに燃やす必要があるかな？　国会図書館に寄贈すべきだ！」

「ウチも反対！　もしかしたらエロ凪、フユと別れてウチと付き合う未来があるかもしれないし！　ウチにも甘い時間を寄越せー！　ナギにエロいことさせろー！」

「私も反対です。渚先輩の身体には強い興味があるので。全裸を拝むまでは保管しておきたいです。いっそ今すぐ全裸になって欲しいです。どうでしょう？」

「オッケー、みんなの意見は良く分かった。さて、オイルを注入しちゃうぞ～」

あたしが日記にオイルをぶちまけると、バカたちが「あぁ!!」と悲鳴を上げる。

うん、聞いたあたしがバカだった。というわけで、議長特権で否決します。

「ばいばい、もう一人のあたし」

火を点けたマッチを静かに入れると、日記帳は緩慢な速度で燃え始めた。

しっかりと灰になるまで見届けてから、暦先生が水をかけて消火する。

「これでこの変な日々はおしまい。今日からはいつも通り、文化祭に向けて準備しないとね」

そしてあたしは宣言通り、クラスの文化祭準備とバンド練習に没頭した。

気付けば文化祭まで一週間も無い。あたしにとっての初めての文化祭。大切な一日になるはずだから。

こんな意味不明な謎にかまっていられる時間は無い。

だから強引な手段を使ってでも、非日常を変えたかったんだけど――。


「……やっぱり入っていたね、渚」

翌日。下駄箱を開けてみると、例の日記帳が新品同然の様子で帰ってきていた。

ページを捲って中を確認する。前回までのちょいエロ自撮り、冬子とあたしの事後の写真がそれぞれしっかり残っている。

「えぇぇぇ!? き、昨日みんなの前で燃やしたのに、何でまた入っているの!? ウチ、流石(さすが)にそろそろ怖いっていうか引いちゃうんだけど……」

両脇から冬子(ふゆこ)とはるるが、それぞれ心配と驚きが入り混じった声を漏らす。

イブちゃんは登校の時に会わなかったけど、まあ似たような反応をしてくれると思う。

一方で、あたしはというと。

「まあ、最新のページは見なくてもいいかな。冬子、あたしの代わりにこれを持っていてくれる?」

頭の中は至って冷静で、恐怖も戸惑いもない。

だってこの『謎』はもう解けてしまったから。

暦(こよみ)先生に預けても内容が更新されて、焼却しても呪いがかけられているかのように手元に戻ってくる、異世界の夏凪渚(なつなぎなぎさ)の日記帳。

うん。ようやく渚Bの正体が分かった。

「探偵なら探偵らしく、解決編をやらないとね。この日記に関わった全員を呼んで、さ」

そのままあたしたちは、暦先生の居る保健室へと向かう。

イブちゃんにも連絡をして、これで全員が揃(そろ)った。

「渚先輩。解決編ということは、謎が解けたのですか？」

イブちゃんが期待を込めた目で、あたしに尋ねてくる。

「もちろん。最初に断言するけど、この日記は別世界から来たわけじゃないよ」

「どういうことですか？　エロ凪先輩の写真という、紛れもない事実があるのに？」

「あの写真は偽造されたもの。わざわざフィルム写真なのは、合成を否定し……リアリティを出すためで、仕掛けはもっとシンプル。冬子。例の日記帳の写真、三枚ともくれる？」

冬子は下駄箱であたしから預かった日記帳から、写真を取り出す。

問題はこの内の二枚。まずは一枚目。エロ凪の自撮り。

「この写真だけ見たら巧妙な感じで騙されると思う。だけど大事なのは、この写真も二枚目の事後写真も、どっちも顔を隠していること」

「んー？　もしかして、別人が変装しているかも……ってこと？　ウチからすれば完璧にどっちもナギに見えちゃうけど。体型だってそっくりだし」

「そうだよね、はるる。だからこそ、騙されるの。だってこの三人……春夏冬トリオの中では近い体型の女子は居ないから。でも、『四人』になれば違う」

昨日、例の事後写真を見た時にみんなの身体を改めて観察した。

その時のあたしは、こう思った。『ちなみにイブちゃんもそれなりだ。脱いだらあたしと似た体型かも』と。

「つまりこれは、イブちゃんにウィッグを被せて撮った写真だよね。違う？」

「……お言葉ですが渚先輩。私の身体を見たこと無いのに、断言は出来ないのでは？」

「大丈夫。それは今から見せてもらうから」

あたしはイブちゃんを保健室のベッドに押し倒し、カーテンを閉めた。

顔を赤らめる(何故？)イブちゃんに失礼して、セーラー服を捲り上げて、その先にある男子禁制の膨らみを確認させてもらった。

「……イブちゃん、いつもこんな可愛い下着を着けているの？」

「ええ。優秀な私はこういう事態を想定して、常にエロい下着を着けています。フロントホックなので外してもいいですよ？　子供は二人欲しいです」

「外した先の将来を見据えるの、早すぎる。そもそもあたし、男子じゃないから二人で明るい家庭は築けないし。残念でしたー」

「気付きました？　渚先輩と出会ってから今日まで、私は自分を女子だと言ったことはないですよ。嬉しいことに作れちゃいますよ、家庭」

「ここにきてそんな高度な叙述トリック発動する!?」

いや、こんな可愛い子が男の子だったらそれはそれで……じゃなくて。

「ちゃんと立派なお胸をしているイブちゃんが、男子であってたまるか！」

あたしはセーラー服を直してあげて、イブちゃんをベッドから起こしてあげる。

出来れば下着のタグを見たかったけど、目視でも大体のサイズ感は分かった。

「イブちゃんならあたしの水着も、ちゃんと着られるね。だから二枚目の写真も筋が通る。問題は水着をどうやって手に入れたか、だけど……そこのバカたち」

あたしは冬子(ふゆこ)とはるるを一瞥(いちべつ)して、焦った反応を見せる二人に言う。

「あんたら、あたしの部屋の合鍵を勝手に作ったでしょ？　だからあたしが不在の間にクローゼットから盗むことが出来た。違う？」

まさか復学初日の合鍵がここで活(い)きてくるとは思わなかったけど。

「まず僕らが犯人だと疑われているのはスルーするとして、合鍵を使ってわざわざ水着を盗みに行くわけがないよ。だよね、はるる？」

「うん。そもそもさぁ、水着を盗まなくてもウチらはその水着をどこで買って、どんなサイズかは知っているわけだし、買えば良くない？　ナギのサイズは全部メモしたから」

「あ、そっか。そうだったね。そして後でそのメモちゃんと渡してね？　燃やすから。渚(なぎさ)Bならぬ、渚Aのスリーサイズをこの世に流出させるわけにはいかないから」

まあ、これは単純に推理が外れたとして。

「どちらにせよこれは、変装だけ見抜ければチープな謎なの」

「どういうことかな、渚？」

「暦(こよみ)先生に預けたのに日記の内容が更新されたのも、焼却したのに本が戻ってきたのも、複数人が協力すれば簡単に出来ることだと思わない？」

「はぁーん？　ナギ、ウチらのことを疑うの？　親友なのに？」

「そうですよ。可愛（かわい）い後輩に嫌疑をかけるなんて、ただのパワハラですよ？　生徒指導部にマッハで相談しに行きます。びゅーん」

「親友と後輩が脅しと情に訴えかけてくる禁じ手を使う辺り、これがミステリならもう詰みだと思うけど……仕方ないなあ。これが証拠だよ」

あたしはスクールバッグから、ある物を取り出す。

それはもう一冊の日記帳。昨日、全員が見守る中で焼却したはずのものだ。

「これは……紛（まぎ）れもなく本物の日記帳、ですわね」

あたしから日記帳を受け取った暦先生が、内容を確認してから呟（つぶや）く。

「そう。あたしはライターオイルとマッチを買った後、近くの書店や文具店をいくつも巡ったの。そこでこの日記帳と全く同じ物を見つけることが出来た」

そしてそれを購入し、自分のスクールバッグに仕込んでおく。

中身は真っ白のままでいい。これは犯人を欺くための偽物でしかないから。

「昨日ゴミ捨て場でスクールバッグから取り出して焼却したのは、この新品の日記帳っていうこと。誰かさんが丁寧に作り上げた本物は、ずっと隠し持っていたわけ」

これはきっと、あたしが《名探偵》として、もう一つの物語の中で様々な謎に触れて、その謎を生み出す人たちを知って、積み重ねた経験があったからこそ導き出せた答え。

チープな謎、なんて言ったけど。まだ《探偵代行》として冬子とはるる、三人で謎解きをしていた頃のあたしには、これすらも解けなかったかもしれない。

「消された撮影日も分かっているよ。あたしが復学した初日に三人で不自然に遊びに行った日だと思う。これが……あたしが一人で導き出した、ただ一つの答え。どう?」

突き付けられた言葉に、だけど四人は答えない。

それでもその沈黙は僅かな時間でしかなくて。

やがて、最初に冬子が笑いだす。はるるとイブちゃん、暦先生も釣られたように笑い始めて——。

「「「「おめでとう!」」」」

みんなで揃って、突然あたしを称えてくれた。え? ど、どういうこと?

「やっぱり渚、夏休みの間に随分変わったみたいだね」

「いやー、まさかここまで綺麗に推理を決められるとは予想外だわー。ウチも頑張って演技したのになあ」

「私は先輩方に付き合っただけですが、渚先輩のコスプレは面白かったですね」

これは正解、っていうことでいいのかな……?

どう反応すればいいか分からないあたしに、暦先生が冬子に何かを促す。

「ほら、白浜さん。あれを読ませてあげないと」

「ああ、そうでしたね。ごめんね、渚。実は僕たち四人は……君のことを、心から祝いたかったのさ。これはそのサプライズ。ちょっと失敗しちゃったけどね」

冬子はそう言って、先ほどあたしが下駄箱で預けた最新の日記帳を取り出す。

事後写真の後、今日刻まれた日記の内容を見せてくれて。

「……もう、素直に言ってくれればいいのに」

あたしは思わず、呆れながらも笑ってしまう。


【今日は大切な友達と、可愛い後輩と、お世話になっている先生とパーティ！　あたしの二度目の復学を祝ってくれるみたいで、すごく嬉しい！　これからもみんなと一緒に過ごせる時間を……大切にしていきたい】


そんな文章と共に、あたし以外の四人が笑顔で映っている写真。

きっと、あたしが居ない間にスマホで撮った自撮り写真なのかな。先頭にはるるが居て、その後ろにちょっとだけピンボケした三人がクラッカーを持っている。

「実は渚のために、この謎を夏休みにはるると作っていたんだ。だけど僕らだけじゃ、あまり面白い謎にならなくて……復学初日になっても完成してなかったんだよね」

「イブちゃんと出会った時に、この子が居ればもしかして！　って思ったワケ！　だからあの日、大慌てでこの謎を仕上げたの。ナギをお祝い出来なくて……ごめんね？」

「私はお二人の着せ替え人形状態でしたね。でも楽しかったので良しとします。ふふふ」

そっか。だから復学初日に祝えなかったんだ。三人でこっそり謎を完成させるために。

三人の優しい言葉に、あたしは慌てて顔を逸らす。

だって、思わず泣きそうになっちゃったから。あれだけ長い時間会えなくて、寂しい思いをさせてしまって、それでも……あたしを思ってくれたから。

やっぱりあたし、みんなが大好きだよ。

「夏凪さん。もしあなたが良ければ、みんなで遅めの復学記念祝いをしませんか？」

「する！」

暦先生のお誘いに、あたしは即答する。

「場所が無いならあたしの部屋でもいいし、お金が無いならあたしが出すし、ちょっとくらいなら……いつもよりハメを外してもいい！　だから、絶対にしたい！」

「ではお言葉に甘えて、渚先輩の部屋で無料の過激なパーティをしましょうか」

「良かったー！　場所に関しては結構悩んでいたよね。ウチとフユの家は微妙に難しいし、イブちゃんは後輩だし、暦先生の部屋は汚部屋だろうからさ」

「いや、それなりに清潔にしていますよ!?　夏凪さん、心配しなくてもお金は先生が全部出してあげますわ。給料日まで水道水だけで過ごす覚悟を決めているので」

「暦先生、僕ら相手とはいえもう少し見栄を張ってくださいよ。それじゃあ渚、いつごろパーティをしようか？　次の休みとかでも」

「ううん。今日がいい。すごく嬉しくて幸せだから……この気持ちを今すぐにでも、みんなと共有したいから！」

あたしの言葉に四人は、同じくらい笑顔になってくれて。

ホームルーム開始前の予鈴が鳴っても、誰も保健室を出ていこうとしなかった。

もう少しだけ一緒に居たい。この空間を共有したいと思っていたけど。

「では、放課後にしましょう。明日は終日文化祭準備で授業が無い日ですから、ちょっとくらいは帰りが遅くなってもいいですし。どうです？」

暦先生が仕切ってくれて、あたしたちは「さんせーい！」と大きな声で返事をする。

それから大慌てで保健室を飛び出て、教室に向う。

笑いながら走っている最中に、あたしはふと思い出す。

復学した初日から、早速の謎解きですっかり忘れていたけど。

あたしは、帰ってきたんだ。

大好きな人たちが迎えてくれる、命を賭してでも守りたい……この愛しい日常に。

授業中も、休み時間も、昼休みも、文化祭準備を手伝っている放課後も。あたしの心はずっと浮ついていて、下校時間になるまで、ワクワクが止まらなかった。

みんなを招くために、大慌てで部屋に帰ってお掃除をして。

五人分のグラスや食器を出して、エアコンも動かして。

綺麗に掃除したリビングの真ん中で、ソファに座ってみんながやってくるのを待つ。

ああ、もう。早く来ないかな。楽しみで仕方ない。

やがてインターホンが鳴って、あたしは猫みたいに飛び上がって玄関に向かう。

何となく小さく深呼吸して、逸る気持ちを抑えながら玄関扉を開けて——。

「いらっしゃい、みんな！」

たくさんの荷物を抱えている四人を、迎え入れるのだった。

「ねえ、冬子。パーティで女子が五人も集まったら普通は何する？」

「何だろうね。普通だったら恋バナとか？　女子力が高い集団だとみんなでごはんとかお菓子を作って、それを食べながらキャーキャーするよね」

「うんうん！　それ、すごくいい！　はるるはどう思う？」

「女子同士でもちょっと過激なゲームをするパターンもアリだよね！　王様ゲームとか野

球拳とか、ツイスターみたいな？　あのレトロ感が逆に新鮮だしエロくていい！」

「なるほど！　ちょっとハメを外しちゃう感じだ？　男子がいないからこそ、バカ騒ぎ出来ちゃうこともあるよね。分かるなー！　でもね？」

「んにゃ？　どうかしたの、ナギ？」

「違うよね……どう考えても、これは絶対に違うでしょうが!?」

あたしのリビングには、夏を感じさせる水音が響いていた。

テーブルとソファが丁寧に移動させられて、空いたスペースに大きな物体が鎮座している。その正体は。

「ビニールプール！　室内なのに！　ベランダですらない！　二度目の訪問で一番やっちゃいけないものを運び込んできたわね、バカども!!」

子供三人くらいが入る、ビニールプールだ。

ちなみに膨らませてくれたのは暦（こよみ）先生だけど、息切れして玄関前の廊下で横になっている。何故（なぜ）一番体力が無さそうな大人にやらせた？

「うわあ、冬子が大きな荷物を持ってきているなあ……もしかして、プレゼントかな？　って、少しでも期待したあたしがバカだった！　涙が出ちゃう！」

「とか言って、渚（なぎさ）先輩。しっかり例の赤いビキニに着替えているじゃないですか。冬子先輩とはるる先輩も……そして私も！」

イブちゃんは赤と白のストライプ柄のビキニ。冬子は意外にもフリルの入った可愛らしい青いワンピース系で、はるるは布面積少なめの白のモノキニだ。

「だって急に水着に着替えろって言うから……お披露目会でもするのかと思って」

「それはそれでお気楽な思考ですね。今からこのリビングはノリノリのレゲエとかも流して真夏のビーチに変わるというのに。」

「変えさせないけどね!? ああ、もう……分かった。あたしがハメを外していいって言ったわけだし、少しくらいなら水遊びも許可するから!」

あたしの宣言を聞いて喜びそうになる三人に、間髪入れず付け足す。

「ただし、リビングの家具や床を濡らしたら、その恰好でコンビニまで買い出しに行ってもらうから。ここは真夏のビーチなんだから恥ずかしくないよね? ん?」

重めの罰にみんなは分かりやすく唇を尖らせてブーイングしてくるけど。

これもこれで楽しいな、なんて思っている自分がいるのも確かだった。

何だかんだ、夏休みに出来なかったこと……みんなと水着姿ではしゃぐっていう、ひと夏の思い出を取り返せたみたいで、悪くない。ちょっとだけね?

「……あの、女子高生の皆さん? 水着になりたかったなら、別にビニールプールではなくお風呂場ではしゃげばよかったのでは……?」

まだ少し息を荒らげながら、疑問をぶつけてきた暦先生に……あたしたち四人は、あまりにも正しすぎる正論に黙るしかなかった。

「……せ、せっかく膨らませたんだから、水浴びくらいはしようか？」

あたしたちは四人で無理やりプールに入って、体育座りでジュースを飲んでみる。

これが真夏のビーチ？　違う。全然違う。

あまりにシュールすぎる光景に、誰からともなく笑いだす。

「ぷっ……ふ、ふふっ。あはは！　何なのよこれ、もうっ」

「あはは！　僕たちって本当にバカだよね！」

「激しく同意！　ウチらっていつもこんなことばっかりしているよねー！」

「でも、これはこれで青春っぽくて悪くはないかもですね。なんて」

体育座り、水着姿の女子四人が向き合って大笑いをする。

この光景を他の誰かが見たら、白けた目を向けてくるかもしれない。

それこそ暦先生の言う通り、別の場所ではしゃげばいいのに。

あたしたちは誰もそこから立ち上がらないで、そのままバカな話をいっぱいした。

青春を、たくさんの思い出が刻まれた本にたとえるなら——。

こんな変な一ページがあっても、悪くないよね。

それからあたしたちはやっとプールを出て、暦先生が頼んでくれた宅配ピザや、みんなが持参してくれたファストフードをダラダラと食べながら、楽しい夜を過ごした。

何となくテレビで映画を流して、色んなツッコミや感想を口々にしながら鑑賞して。

スマホアプリで写真を加工して、誰が一番美少女になれるか遊んで。

お酒を飲んで騒ぎ始めた暦先生をみんなで抑えて（学校に知られたら大問題！）、前に春夏冬トリオで泊まった時とは違う、大切な一夜になった。

「はー……遊んだなあ。こんなに頭空っぽにしたの、久々かも」

最近は頭を使うことだけじゃなく、頭を抱えるような出来事が多すぎた。

身体も心もくたくたになって、色んな痛みと喜びを知ったから。

だからこそ、こういう楽しいだけの時間が沁みる。

あたしが女子高生であることを思い出させてくれる、かけがえのない時間だ。

「えへへー。ねえねえ、ナギ。くっついてもいいー？」

リビングのソファで休んでいると、はるるが隣に座って満面の笑みで尋ねてくる。

ちなみに暦先生は泥酔して床に転がって熟睡中、冬子とイブちゃんは二人でとある場所に外出中だ。

「ん、いいよ。珍しく甘えてくる感じだ？」

「えー？　ウチはナギが許すなら甘々の関係がいいもん。いつもはフユの相手ばっかりして、ウチにもイチャラブ展開させろー！」

「冬子とイチャラブ展開になったことなんて無いけどね？」

未遂はあるけど。そしてその冬子は、イブちゃんと一緒にマンション近くのコインランドリーに行っている。

悪ノリを極めた冬子が、ネットに溢れている動画のようにコーラにソフトキャンディを入れるフリをしたところ、手が滑って本当にやらかしてしまったのだ。

結果、大噴出。冬子とイブちゃんはコーラまみれ。あたしたちはすんでのところで逃げたけど、替えの服も無いので洗濯しに行くことになった……という流れ。

「うちの洗濯機、乾燥機能が無いから……浴室乾燥だと時間かかっちゃうし。二人には悪いことしちゃったかも」

「イブちゃんは可哀想だけど、冬子は罰が当たった感じだし気にしなくていいよ。むしろ渚の服を合法的に着られて興奮していたし」

「あはは……流石に水着姿でランドリーに行かせるわけにはいかないからね」

「でもウチはこうやって、ナギを独り占めしちゃうもん」

はるるはあたしの後ろに座って、そのまま抱き締めてくる。ぬいぐるみ扱いされているみたいで嫌だけど、はるるの柔らかい身体と温もりには抗えない。

「わっ。ちょ、ちょっと。テンション上がりすぎだってば、はるる。あと背中にめっちゃ当たっているから、そのダブルメロン」

「ナギのために育てた果実だから、いっぱい堪能してくれていいよ？」

「耳元で変なことを囁くなぁ！　変な気分になったらどうするつもり!?」

じたばたと暴れてみせるけど、はるるはあたしをしっかりホールドしたままだ。

「ねえ、ナギ。本当に大丈夫？　復学してから、ちょっとお疲れ気味じゃん？」

はるるは変に鋭い。その特殊な『味覚』を使わなくても、分かっちゃうなんて。

あたしは二度目の手術を経て、まだそんなに日が経っていない。

不調はないけど流石に体力は衰えているから、復学して以来学校から帰ってくるとつい寝落ちしてしまう程度には、疲労が溜まりつつある。

「まあ、ちょっとだけ疲れているかもね。でも平気だから」

「だめだめ！　疲れているならウチのこのでっけえ太ももと胸に身を預けな！　ほらほら、イチャイチャしながらゴロゴロしようよ！」

「わっ！　も、もうっ。はるるったら……」

あたしたちはそのままソファに横になる。本当に寝ちゃいそう。

ほんの少しだけ睡魔に負けそうになっていた、その時だった。

「……本当、こんな華奢な身体でさ。頑張りすぎだってば、色々と」

思わず耳を疑う。もしかしてはるるは知っているの？　あたしの……学校の外で見てきた世界と、そこで得た経験のことを。

だけどあたしたちはそれ以上語らない。互いに踏み込まず、一線を引いて話を続ける。

「ウチらの見えない場所で、知らない世界で、ウチらの知らない仲間と。ナギに友達が増えるのは最高なんだけど……ちょっと妬けちゃうなあ」

「……冬子もはるるも、意外と嫉妬深いよね。だけど今のあたしはただの女の子で、みんなと同じ女子高生だよ」

そう。今だけは《名探偵》でもなければ《探偵代行》でもない。

もちろん、新しく繋がりが出来た人たちのことは大事だ。

友達関係の深さとか、付き合いの長さとか、比べる必要はない。

あたしにとっては全部が大事。全部を守りたい。

「心配しなくても、春夏冬トリオは永久不滅だから！　暦先生とイブちゃんも入れて、この五人はこれからもずっと友達でいようね」

「ただの友達は、嫌かも」

言葉の後で、耳に甘い刺激が走る。

はるるが後ろからあたしの耳を――甘噛み、したんだ。

ほんの僅かな快感に、思わず声が出そうになって必死に堪えた。

「は、はるる？　冗談にしてもやりすぎだってば！」

「……やっぱり、すごく甘い。ナギの耳。今幸せで仕方ないって感じだね」

あたしは寝返りを打つようにして、はるるの顔をほぼゼロ距離で見る。

喜びと切なさが混在したような、そんな顔。今まで見せてくれたことのなかった表情に、あたしは何も言えなくなる。

「ウチの特殊な味覚なら分かるの。恋をしている人の味。ウチらと一緒に居た時とはまた違う……似ているけど、同じじゃない。ナギはやっぱり《彼》が好きなの？」

「は、はぁっ!?」

「あ、答えなくていいや。好きって言われたらジェラシーで死ぬし。今だけは《彼》も、フユも、イブちゃんも居ない。ウチだけがナギを好き勝手出来る時間だから」

はるるはあたしの両手首を掴んで、組み伏せる。気付けばいつの間にか押し倒されたような体勢になってしまっていた。

「好きだよ。ウチはナギが好き。友達としてとか、恋愛対象としてとか、そういう言葉で表せないくらい。だからさ、今だけはちょっとだけ『好きに』させて？」

はるるの顔が、徐々に目の前に迫って来る。

お互いに恥ずかしさで顔を赤らめながら、それでも全力で拒めないのは……どうして？

拒絶して、今後気まずくなりたくないから？

ううん。違う。この子は、あたしの本質を分かっているんだ。

夏凪渚っていう一人の女子が、本心ではそういう行為に強い興味を抱いていることを。

そしてそれを、女の子に求められても受け入れてしまう甘さも。

「はるる、あたし……本当に経験がないから、その」

覚悟を決めて、目を瞑る。不思議と怖さは無かった。

憧れの少女漫画みたいな展開に、心が全てを許してしまっているのかもしれない。

あたしはまた一つ、新しい世界を知っちゃうのかな？　……大親友とキスしちゃった。

あたしの頬に唇が軽く触れる。ああ、はるると……大親友とキスしちゃった。

この後はきっと唇やそれ以外のところにも――。

「……ぷっ、ふっ……だ、大丈夫。う、ウチも経験は……ん、ぐひっ。うひひ」

「は？」

目を開けると、あたしの親友は笑いを堪えていた。笑いを。笑いを。笑いを!!

「……あんた、まさか」

「っ、くうぅ～～～～～！　やっぱりダメだぁ！　あはははは！　な、ナギの受け顔見ちゃったらもう、草が口から無限に生えて大草原になっちゃう！　だははは！」

笑いすぎてはるるはソファから転落して、それでも床の上で腹を抱えて笑い続ける。

やったな。やってくれたな。このオタクギャル……!!

「ナ、ナギのキス顔可愛すぎて……ひ、ひひっ！　一生忘れられないかも！　いやこんなの忘れたくない！　頭のハードディスクに永久保存確定だわ！」

「はるるー？　ちょっと腕を出してくれる？」

「……はへぇ!?　な、ナギさん？　そのぶっとい注射器はな、何かなー？」

あたしは自室から薬液を装填した、一本の注射器を持ってきた。

「安心して。これは直近の記憶を消してくれる便利なお薬だから。痛いのは一瞬だけ。とある名探偵から譲り受けたスペシャルアイテムだから効果は保証済みなの。うふふ」

「何それ怖い！　い、いや、冗談だよね？　友達にそんなもの刺さないよね？」

「うん？　あんたは冗談であたしを弄んだよね？　だからあたしは本気であんたに向き合ってあげる。この注射器を使って、ね！」

「いぎゃー！　助けてぇ、ココヨちゃん！　大親友に凌辱されちゃううう！　らめぇええ！」

先ほどの甘ったるい時間は一瞬にして霧消して、あたしとはるるは室内で鬼ごっこを始めるのだった。記憶と尊厳を賭けた、本気の鬼ごっこを。


その後、はるるを捕まえる直前に冬子とイブちゃんが戻ってきて、みんなで片付けをして、日付が変わる前にパーティはお開きとなった。

本当はみんなでお泊り会をしたかったけど、流石に五人寝るのはちょっと厳しいのと、暦先生が限界だったのでお家に帰らせようという、女子高生四人が配慮した結果だった。

「それじゃあ、ウチがタクシーで暦先生を送るよ」

マンションの入り口で、はるるが暦先生を支えながらタクシーに乗り込んで行く。

実は二人とも住んでいるところが近いらしく、はるるが一緒なら暦先生を無事に送り届けられるだろうというのが理由だ。

「ありがとう、はるる。タクシー降りた後も痴漢とかに気を付けてね？」

「任せなー？　いざとなったらウチ一人でも逃げてみせるぜ！」

「信頼関係無さすぎるでしょ。まあいいや。暦先生をよろしくね」

あたしと冬子は去り行くタクシーを見送った。

ちなみにイブちゃんは、ここから徒歩数分のアパートに暮らしている。帰りが遅くなっても問題ないらしく、部屋に残ってあたしの作詞した歌詞を添削している最中だ。

文化祭までもう時間がないこともあって、イブちゃんはバンド活動にかなり熱心だ。

あたしが他の三人を送ったら、ちょっとだけミーティングをするつもり。

「それじゃあ、渚。僕は最終バスで帰るよ。見送りはいいからね」

「大丈夫？　遅い時間だし、危なくない？」

「大通りのバス停だし、僕なら平気さ。でも最後に一つだけいい？　内緒の話があってさ」

「え？　別にいいけど内緒で話すことなんて……わぁ!?」

無防備に近づいたあたしの身体を、冬子は優しく抱き締めてくれる。

友達同士じゃなく、恋人同士がするような、そんなハグだ。

「え？　え？　えぇぇ……!?　ど、どうしたの？」

動揺の声にも力が入らなくて、自分でも分かるくらい間抜けな声が出てしまう。

そんなあたしを見て、冬子は街灯の下で悪戯っぽい笑顔を見せる。

「ごめん、我慢出来なかった。だけど許して欲しい。僕はずっと、ずっと……渚が帰ってくるのを待っていたから。会えない日からずっと、二人きりでこうしたかったんだ」

恥ずかしさで頭がボヤけてくる。だけど、全然嫌じゃない。

冬子の言葉にはいつもの冗談めいた下心が無かったから。あたしを心配してくれて、大切に想ってくれるその温もりが、本当に心地よくて。

「復学初日に三人で抱き合ったじゃん。甘えん坊だよね、冬子は」

「僕は渚が大好きだからね。だけど、渚も僕に甘えてくれていいんだよ？　いっぱい色んなことがあったから、渚が本当に元気になったか……ちょっと心配だったんだ」

はるるがあたしに吐露した言葉を知らないはずなのに、冬子もまた、同じような言葉をあたしに向けてくれる。

ずるいなあ、二人とも。

高校二年の秋に復学したあの日から今日までずっと……あたしを救ってくれてばかりで。

あたしはいつか、何か困難に直面した二人を救ってあげられる日が来るのかな。

それは分からない。だけど。

「冬子。あたしは今、幸せだよ。みんなと一緒だから……すごく、幸せ」

せめて、素直な気持ちを告白したかった。

そんなあたしの言葉に、冬子の笑顔はもっと明るくなっていく。

「僕も幸せさ！　これからも一緒に、幸せと青春を味わいつくそうね！」

そう言い残して、あたしから離れた冬子は、大通りに向かって走って行った。

冬子の言う通り、青春を味わいつくすために……あたしが出来ることは。

「まずはイブちゃんと一緒に歌詞を完成させないとね！　いいものを作るぞー！」

あたしは急ぎ足で自分の部屋に戻る。

玄関からリビングに行くと、イブちゃんが壁際で立ったまま何かを見つめていた。

「どうしたの、イブちゃん……あ、それ気になる？」

飾り棚に置かれている、フォトスタンド。

写真の中で笑っているのは、この夏を経て絆を育んだ仲間たちだ。

中央真ん中に座っているのは、イブちゃんと似た顔をした銀髪の少女。

彼女を囲むように、あたしたちが思い思いのポーズをしている。

「記念に撮った写真なの。大切な宝物」

この写真を撮った後、彼女は眠りに落ちた。

少しだけ長いお昼寝をして……いつかまた、あたしたちと一緒に笑い合うために。

あたしが病院にお見舞いに行っているのは、この子に会いに行くためだ。

「もしも機会があったらさ、冬子とはるる、イブちゃんのことも紹介したいな。あたしにもこんな友達が出来たよ！って。自慢したいんだ」

あたしが一方的に語るだけで、イブちゃんは何も答えない。

ただじっと、写真を見つめている。何がそんなに気になるのかな？もしかして、その中で唯一写っている男子のことが気に入った？うん、絶対やめておいた方がいいよ。

「そうだ。冬子が持ってきてくれた紅茶とアップルパイがあるから、それを飲みながら作詞をしようよ。待っていてね、すぐ用意するから」

あたしはキッチンに立って、紅茶の缶を開けようとする。

すると、そこに例の日記帳が置かれたままなことに気付いた。

冬子の忘れ物かな？もう必要無いけど……そうだ。せっかくだし、一番新しいページに今日のことを書いてもいいかもしれない。

ぱらりと、日記帳を捲ると――。

「……なに、これ」

誰も更新する必要が無くなったはずの日記帳。

そこに写真は無かったけど、乱暴な字で短い文章が確かに刻まれていた。

【夏凪渚。死亡】と。

「全て思い出したんです、渚先輩」

突然、真後ろから声がする。いつの間にかイブちゃんは、写真の前からあたしの背後に移動していた。気配なんて全然しなかったのに……！

「イ、イブちゃん……っ、あ、ううっ」

首筋に鋭い痛みが走る。何か鋭利な物が押し当てられたような、そんな感覚。

手に持った紅茶の缶が、シンクの中に大きな音を立てて転がっていく。

同時にあたしの視界も、急激にぼやけていく。

「……こ、これって。あ、あの時と同じ……？」

あたしは《探偵代行》だった頃に蜂巣という女と戦った。

正確には冬子があたしの代わりに叩きのめしてくれたんだけど、その時にあたしはあいつの毒を食らって、しばらく意識を失っていたらしい。

そうだ。その時の感覚にそっくりなんだ。

「イブ・リヴァース。この名前は偽名です。というより、私の所属する場所において、生まれながらの本名というものを大事に持っている人間は一人としていないでしょう」

力が抜けて、その場に崩れ落ちるあたしを見ながら……イブちゃんは語る。

「この毒は組織が改良した、優秀なものです。少量であれば対象の命を奪わず、それでいて長時間昏睡させることも難しくない。渚先輩は経験済みでしょうが」

「イブちゃん……あなた、やっぱり」

「ええ。私は《人類血清》の一員です。コードネームは【ヒル】。ある任務のために新しい名前と顔を与えられた、十代の少女です」

「か、顔……？」

乱れる呂律と朦朧とした意識の中でも、思考はまだ研ぎ澄まされていた。

そうだ。初めてイブちゃんと出会った時に、彼女の顔に違和感しかなかった。

偶然というにもあまりにも出来過ぎている、写真の中で笑う銀髪の少女にそっくりな、まるで作られたような顔。

あたしたちの通う学校で、あの顔をした少女が突然現れたのは——。

明らかに、誰かの悪意と作為がある。

「整形ですよ、この顔は。顔だけでなく全身を改造された私は一時的に記憶喪失となってしまいました。ですが、今は違う。与えられた使命を思い出しました。それは——」

「あなたちが《少年K》と呼ぶ存在。彼の拉致および殺害。そのために私は、あなたに近づいたんです」

意識が途切れそうな中で、あたしは安堵する。《彼》が学校に殆ど来ないで、あの病室に通い詰めていて良かった。もしも学校に毎日登校していたら、どこかでイブちゃんと遭遇してしまっていただろうから。

あの子と同じ顔をした女の子を、《彼》が無視できるわけがない。

そうすれば、イブちゃんの記憶は戻って、《彼》は呆気なく殺されていた。

そしてあたしたちには色んな出来事があって、心の傷は未だに癒えていない。

だからこれ以上余計な心配はかけたくないから、《彼》を巻き込まずに済んで……本当に良かった。

「ようやく私の探している人が見つかりました。感謝しますよ、《名探偵》」

最後にあたしの視界に入ってきたのは、イブちゃんがロープを両手に持っている姿。

もう、声も出ない。このままあたしは、どうなっちゃうのかな。

冬子。はるる。暦先生。どうか……お願い。

無力なあたしの代わりに、イブちゃんのことを――。

第四話　ボクが守りたいもの

◆◆◆　白浜冬子の決意

夢のような一晩を過ごした、翌日。

僕は眠い目を擦りながら通学路を歩く。

帰りに酔いから醒めた暦先生とも色々話を出来たし、有意義な一日だったな。

「もしかして渚って、本当に僕のことが好きなんじゃないかな？」

な、なんてね。何だか急激に恥ずかしくなってきた。

それと同時に、とある人物の顔が浮かんで熱が冷めていくのも分かる。

夏休み前。渚が探していた《彼》のことだ。

「……僕はあまり、彼のことを好きになれないけどな」

「おはよう、フユ！　何一人でヘラった顔して呟いているの？　友達が居なさ過ぎてイマジナリーフレンドと会話中？　ウチ邪魔になりそうだから先に行くね！　バイバイ！」

「勝手に声をかけてきて、勝手に去って行くのやめようよ!?　はるる！」

思わず叫ぶと、はるるは明るい顔でケラケラと笑う。

渚と同じくらい大切で、大好きな親友。そんな彼女に、僕は《彼》の話を振ってみた。

「ねえ、はるる。渚が気になっているあの男子のこと、どう思う？」

「うん？　《少年K》のこと？」

僕はその呼称に頷き返す。僕とはるるの間では、《彼》のことをこうやって呼ぶことが多い。何となく、あの名前を口にするのを避けているだけだけど。

「ウチは彼に命を救ってもらったから、嫌いにはなれないかなー？」

そうだ。はるるは少し前、悪い大人に拉致されたかけた時に、偶然居合わせた《少年K》によって難を逃れた経験があった。

「夏休み中の補講で見かけた時は、ガチの根暗男子でちょっと引いちゃったけどね。ナギと目を合わせて何か言いたげな感じだったの、メッチャヤ草だったわ」

「彼、捨てられた子犬みたいだったよね。そこが渚の庇護欲を刺激したのかな？」

「だはは！　そんな理由でずっと追っかけていたら、面白過ぎるでしょ。ウチらの知らないところで何かあったんでしょ。彼と出会ってから、ナギは多忙になったから」

夏休み前も、その最中も、そして休みが明けても。

僕らと渚が会う時間は、確実に減っていた。だけどそれは、今まで外の世界を知らなかった渚にとって、必要なことだからと言い聞かせていた。

「それはほら、『三日会わざれば欲求不満だよ』みたいな言葉があるじゃん？」

「それは『男子三日会わざれば刮目して見よ』だろう？　確かに思春期の男子って三日も

あれば欲望をフルチャージ出来そうだけど」

　まあ、はるるの言いたいことは分かる。

　二か月程度の間に、渚は随分と魅力的な女性になった。

　特に顔だ。幼さが残る雰囲気はどこへやら、すっかりと大人びちゃって。

　本当、三人の中で一人だけ言えないような経験をしちゃいました、っていう感じ。

「……ぶっちゃけアレだよね。ウチら、かなり重い女じゃない？　ナギにとっていいことが起きても、それを許容出来ないっていうかさー」

「うん……分かる。彼氏でも出来たら本当に殴り込みに行っちゃうよ」

「ウチはいつも通り背後から拘束するから、暴力担当よろしくね？」

「僕の手にかかれば一発さ。任せてよ、相棒」

　ツッコミ不在の中、バカみたいなやりとりをして互いに吹き出してしまう。

「あーあ。ナギと死ぬまでずっと一緒に居たいなあ」

「だね。それが叶わないなら、せめて高校卒業までは僕らに依存していて欲しい」

「ウチら無しでは生きられなくなってほしいよね！　そんなナギを可愛がって、他の女や野郎では満足できない身体に調教するのだ……でゅふふ」

　物騒なことを言う相棒に、僕はまた笑ってしまう。

　少なくとも女子高生であるうちは、僕らはずっと一緒だろうけど。

大人になった時……きっと、それぞれが抱える使命や生活があって、また新しく守りたいものがたくさん増えているかもしれない。

だけど、それでも。

「どこかにふらっと行ってもいいから、渚にとって僕らが一つの居場所になれるといいよね。彼氏が出来ても、子供が産まれても、いつでも女子高生に戻れる場所」

「分かる～！　ウチらはこれからもう老いるだけだからさ、せめて心は若いままいたいよね。お婆ちゃんになっても、二人と会う時はギャルメイクで来るから！」

「あはは。じゃあ僕も二人と会う時は女の子のフリをするよ」

「マ？　アレついているの？　ウチが知らないだけで？　今度時間あったら観察させて」

「前向きだねえ!?　その異性への探求心、中々真似出来ないよ？」

まあ二人になら見せてもいいかな。いや、本当についてないけど。

バカ話で盛り上がっていると、あっという間に下駄箱に到着する。

勝手に渚の下駄箱を開けてみるけど、まだ登校前らしい。僕らは大体同じ時間に学校へ向かうから、待ち合わせ無くても途中で合流することが多いのに……珍しい。

「ん？　これは……？」

自分の下駄箱を開けると、そこには一冊の本、もとい日記帳が入っていた。

渚の悪戯かな？　意趣返しかもしれない。そう思って、日記帳を開いてみると。

「……はるる。ちょっと中庭に来てくれないかな」

「んにゃ？　もうすぐ予鈴が鳴るけど……いや、うん。分かった」

はるるは顔を見て事情を察したらしく、僕の後に続いてくれた。

中庭の片隅、廊下から先生たちに見えないように木陰に隠れて日記帳を見せた。

「嘘、でしょ……何これ」

僕らの悪ふざけの集大成、その一番新しいページには、こう書かれていた。

【夏凪渚は預かった。《還り血》の保有者である、東江はるる。そしてお前らが《少年K》と呼ぶ男を連れて指定場所まで来い。空木暦または古見蓬に密告した場合、即座に人質と生徒全員を殺す。お前たちの動向は全て監視している。よく考えて行動しろ】

脅迫文だ。密かに周囲を探っても、監視者らしき姿は無い。

だけど何らかの手段で僕らを見張っている可能性はある。スマホで暦先生に連絡することも考えたが、仮に暦先生にまで魔の手が及んでいるとしたら……。

「ね、ねえフユ……ウチら二人だけで、一体どうすればいいのかな」

「……はるるは、どうしたい？」

「え？　ど、どうって？」

「犯人は君の命も狙っている。だからすぐに保健室に行って暦先生と一緒にここから逃げて欲しい」

「いや、それは絶対にダメでしょ」

僕の言葉に、力強い拒否が返ってくる。

「ウチは誰にも犠牲になって欲しくない。ナギも、フユも、暦先生も、イブちゃんも、それに生徒全員……もちろん、《少年K》にだって」

「だけどこの脅迫を破って、僕らだけでこの指定場所に向かえば死ぬかもしれないよ。最悪僕が単身で向かって時間稼ぎをすれば、暦先生がどうにかしてくれる可能性だってある」

「いいの。だってウチは……過去に二回も死にかけているから。ウチが今こうやって生きているのは奇跡の連続で、誰かの善意に救われたから」

一度目は、幼い頃の交通事故。

二度目は、血を狙った連中に拉致されて。

「だから怖くないよ。ウチはナギのためなら死んだっていい。自分が生きるために逃げるくらいなら、誰かを救うために抗いたい。ウチが二人に、そうしてもらったように」

全く。渚といい、はるるといい、どうして僕の友達はこうも他人に甘いのか。

でもまあ、それは僕も同じか。

僕だって二人には生きていて欲しい。そのために命を捨てるのは惜しくない。

中学生の頃、僕を肉体的にも精神的にも散々虐めてくれたあの女は、言っていた。

『冬子。お前にとっての正義が、人を殺さないで人を救うことだと言うなら、それを貫け』

『正義に定義は無い。本物も偽物も、表も裏も、白と黒でさえも存在しない』

『だからその信念だけは曲げるなよ、落第生。アタシとは違う正義を魂に刻め』

常にリアリストで、冷酷で、厳しくて、タバコ臭い女だったけど。

僕に正義のことを語る時だけは、ほんの少しだけ夢見る少女のような目をしていた。

あの地獄の日々は全て忘れたいけど、この言葉だけは忘れられない。

「分かった。一緒に行こう。たとえここに強大な敵や化け物が潜んでいたとしても、僕は絶対に渚とはるるを守るから」

誰も殺させない。全てを救う。

大切な親友も、ちょっとだけ憎らしい男の子も、無関係の生徒だって。

その全てを掬い上げて幸せな日常に戻してあげることが、白浜冬子の使命だ。

「ただし、僕が負けそうになったら渚と一緒に逃げること。それだけは守ってね？」

「うん！　負け確定っぽい流れになったら、見捨てて逃げればいいわけね！　おっけー！」

「……まさしくその通りなんだけど、ハッキリと口に出されると嫌だなあ」

いや、負けない。負けていいわけがない。

ここでもし、渚を救えなかったら。今度は《彼》が渚を救ってくれるだろうけど。

そういうのは別のところでやって欲しいし、何ならやってそうだ。むかつく。

「それじゃあ僕ら優秀な助手が、《名探偵》を救いに行こう。はるる」

「昼休みまでには帰って来ないとね。今日の日替わり定食、渚の大好きな巨大ハンバーグだから！」

僕たちは校門を出て、校舎を背にして走り出す。

渚が大好きな守りたい日常を、共に守るために。

僕らが到着したのは、隣町にある廃校だった。

開発途中の空き地だらけの区画。その片隅にあるこの学校は今から八年ほど前に、ここから随分離れた地域の高校と強引に合併して廃校となった。

住宅が殆どないためか、昼間だというのに辺りに人気は無く、いざフェンスを乗り越えて学校に侵入しようとしている僕らを見咎める存在もない。

「指定場所は体育館一階にある、演劇稽古場みたいだ」

「二階建ての体育館も珍しいけど、劇の稽古場があるのも変な感じじゃない？」

「僕の聞いた話だと、この学校から有名な女優が輩出されたそうだよ。だから第二のスター誕生を期待した学校が、演劇部や映画研究部を厚遇していたとか」

懐かしいな。全部、中学時代にカンナちゃんから聞いた話だ。

僕の知らないことをたくさん知っている、素敵な友達。

でも、今は過去を懐かしむ暇はない。

「はるる。僕から離れないでね」

僕たちは体育館に向かい、周囲を探って入れる場所を探す。

至る所から生えている雑草が高く伸びて、使われなくなった部活動の道具が散乱している様相は、退廃的な雰囲気を更に助長していて気味が悪い。

「フユ、あそこ見て」

そんな中、体育館の裏口が乱暴に開け放たれているのを見つけた。

扉の近くには、破壊された南京錠が落ちている。本当に化け物でも飼っているのか？

前回戦ったあの女くらいなら、何とかなるかもしれないけど……。

「……あそこが稽古場の入り口か」

廊下からでも分かるくらいの大部屋。その扉に、掠れた黒インクで「演劇稽古場」と書かれたプレートが貼られている。

防音用の分厚い扉を開けて中に入る。朝なのに視界が薄暗いのは、遮光カーテンのせいだろうか。部屋の広さは相当なもので、天井も高い。ここも侵入者や不良にでも荒らされたのか、部活動で使っていたらしい小道具や衣装が散乱している。

そしてそのど真ん中に置かれたパイプ椅子に、僕らの親友が座らされていた。

「渚(なぎさ)！」

僕たちが慌てて駆け寄ろうとして扉から離れると、見計らったかのように外側から凄(すさ)まじい勢いで扉を封鎖されてしまう。

くそっ、気付けなかった！　やっぱり相手は複数人居るのか……!?

「動かないでください、先輩方」

薄闇の中、誰かの声が響く。いや、僕たちはこの声の主を知っている。

稽古場の奥から歩いてきたのは、僕らと同じ制服を着ている少女。

イブ・リヴァース。昨日まで、笑い合っていた可愛(かわい)い後輩だ。

「イブちゃん！　もしかしてイブちゃんも、ナギを助けに」

「違うよ、はるる。あの子は……僕らの知るイブちゃんじゃない」

近寄ろうとするはるるを制して、僕はイブちゃんを睨(にら)みつける。

何だ、あの顔は。いつもは表情に乏しいけど、だからこそふとした瞬間に見せる顔が可愛い後輩だったはずなのに。

絶望と敵意に染まったその顔は、別人にしか見えない。

はるるを誘拐したあの女ですら、そんな冷たい顔はしていなかった。

「その通りです。私はもう、お二人が知るイブ・リヴァースではありません。私はあの脅迫状を出した卑劣な犯人。つまり、あなたたちの敵です」

イブちゃんは渚の隣に立って、彼女の座る椅子を乱暴に蹴飛ばした。

衝撃で渚は床に倒れ込み、短い悲鳴を漏らすけど動かない。もしかして、薬か何かで眠らされているのか？

「……いい度胸だね、イブちゃん。僕の前で渚に怪我(けが)をさせるなんて、相応の覚悟があるのかな？」

「怖い顔ですね、冬子(ふゆこ)先輩。覚悟が無いなら渚先輩を誘拐することも、はるる先輩や《少年K》を殺そうとすることもない。そう思いませんか？」

ああ、そうだ。僕は何を勘違いしていたのだろう。

可愛い後輩は誰かに脅されているだけで、本人の意思じゃない。きっとそうだ。

そんな甘い想像に取(と)り憑(つ)かれていて、忘れていた。

「そうか。覚悟が出来ていないのは、僕の方だったか」

もしも、そのほんの僅かな望みがあったとしても。

イブ・リヴァースが自らを「敵」だと宣言した以上――。

僕は僕の正義を貫くために、この少女を……イブを倒すだけだ。

「怒りと敵意に染まったいい顔ですね、冬子(ふゆこ)先輩。では、私も命を捨てましょう」

イブがポケットから取り出したのは、小さなカプセルだった。

真っ赤な種のようなそれを見た途端、全身に悪寒を感じる。

「これは《種》です。かつてこの世界に君臨し、他の生物を蹂躙(じゅうりん)しようとした存在が撒(ま)き散らしたもの。本来なら既にその効果は失われ、これは残骸の一種でしかない」

「……その《種》が、一体何だって言うのさ」

「体格も戦闘技術もあなたに劣るであろう私が、あなたに勝つための秘策です」

そう言って、イブはその《種》を飲みこむ。

明らかな異物を摂取し、彼女は苦痛に顔を歪(ゆが)ませながらも語った。

「く、うっ……これは私の所属する組織が、種が力を失う前に《還(かえ)り血》と合成して作ったものです。人の強度を高め、常軌を逸した動きを実現する……奇跡の、産物」

まるで嘔吐(おうと)直前のように、イブは何度も小刻みに身体(からだ)を震わせる。

目の前で行われている異様な光景に、僕とはるるは理解が追い付かない。今頃渚(なぎさ)と一緒に、今日も普通の日常が始まっているはずだったのに。何だよ、何なんだこれは。

「あ、ぐうっ……っぐ、ああ！　あ、ああああっ――――！」

イブが自らの身体を両腕で抱き締めながら、目に涙を浮かべて呻(うめ)き声と悲鳴を漏らす。

恐らく拒絶反応だ。何かの薬なら常人はその場で卒倒しているか、吐き出すはず。

だけどイブは、その小さな身体で《種》の与えた苦痛を抑え込んだ。

苦悶の表情も、額に滲む汗も、乱れた呼吸も、全てが平静を取り戻していた――。

「……さあ、殺し合いを始めましょう」

顔を上げたイブの右目は、金色に変色していた。

イブの顔を認識すると同時に、僕らの距離がゼロになる。

急襲。死線という一線を越え、無垢だった後輩との関係が変わった瞬間だった。

「ぐっ、ううっ……！」

命を握りつぶそうと伸ばしてきたイブの右手を、上体を逸らして回避する。

互いに武器は無い。シンプルな身体能力の差で、決着がつきそうだ。

バックステップで後退し、次の一手を見極める。

「フユ！」

「僕は大丈夫だ、はるる！　こいつを引き付けている間に、渚を頼む！」

はるるが離れたのを見て、即座にイブの方へ視線を戻す。

不気味だ。立ち尽くし、口元に笑みを浮かべている。

「身体能力は互角か、向こうがやや上か……？」

だからこその余裕。狐が兎を狩るように、優位を理解しているが故の慢心。

それならまだ勝ち目はある。問題はあの《種》だ。あれを飲んだイブに何かが起きているなら、イレギュラーな展開が起きるはず。

「怖いですか、先輩？　自分より格上の生物を見るのが初めてとか？」

「バカにするな。僕は過去に世界一性悪でバカみたいに強い女に、嫌になるくらい模擬戦をさせられたんだからな！」

「模擬戦？　そうですか……では」

　本気の殺し合いは、これが初めてなんですね。

　そう呟いて、再びイブが接近してくる。くそっ、何だよその動きは。

　一瞬だ。瞼を閉じて開くと既に目の前に立っている。瞬間移動をしていると言われても納得の速さだ。化け物め。

「焦りが顔に滲んでいますよ。その目は私を追えていますか？　ふふっ」

　刹那、乱撃が飛ぶ。イブが突き出す両手の動きを何とか観察して、身体を捩じって回避を続ける。

　殺しに繋がる動き。その始点と終点はまだ見える。けど、不可解なのはその形だ。

　イブの手は正拳でもなければ、手刀でもない。鬼ごっこで逃げる子を捕まえるように、何度も何度も、僕の顔を掴もうとしてくるだけ。

「ふざけているのか？　一度、痛い目を見ないと分からないみたいだね！」

　イブが突き出す手。描く軌跡。伸びきった腕橈骨筋を狙い、足を振り抜く。

片手を壊せば、状況は一変する。痛みに悶えれば、弱みが生まれる。

そうすれば、イブちゃんだってきっと僕の説得に耳を傾けて——。

「なるほど、いい蹴りです」

バキリ、と。乾いた木の枝を折ったような、耳障りな音が響く。

折れた。確実に折った。だからもう、その手は動かなかったはずだ。

「うそ、だろ……完全に骨を粉砕したのに、どうして動かせる!?」

あり得ない方向に折れた手がそのまま僕の足を掴む。

まるで軟体生物だ。いや、そんな生半可なものじゃない。叩き折った腕からは蒸気のような煙が噴出し、肉が焦げたような臭いが鼻を掠める。

再生した？　まさか、この一瞬で!?

「これは《種》がもたらした恩恵の一つですよ。そしてもう一つの特性も、冬子先輩には教えてあげましょう」

「っ、うぁああ!?」

手を振り払おうとした瞬間、全身を奇妙な痺れが襲う。でも『それ』だけじゃない。

この脳を溶かすような甘い痺れが何かを僕は知っている。

いや、思春期の男女なら誰だって——。

「気持ちいいですか、冬子先輩？　これも私の能力です。私が摂取した《種》は元々、組織では【ヒル】と呼ばれていたもの。種が宿していた能力は、この分泌液です」

「まさか……体内で生成した快楽物質でも出しているのか？」

あの痺れは、間違いなくそういった類のものだった。

非日常の、命のやりとりをする場所には相応しくないもの。ドーパミン、エンドルフィン、オキシトシン。神経物質の連鎖。

「正解です。この分泌液は触れた相手に強烈な快楽を与えます。もちろん、それだけではないですけどね。生物としてのヒルの特性はご存じですか？」

「……どういうことだ？」

「ヒルは吸血の際、蚊と同じように痛みを麻痺させ、血液の凝固を阻害する唾液を注入します。私が出している液体も似たような効果があるわけです」

ヒルの唾液に快楽効果はありませんが、と。イブは邪悪に笑う。

例えばそれは、抗凝固剤。

血管に疾患を抱えている人間が、血栓予防などのために服用する薬がある。

そしてその服用者は、副作用として出血のリスクが増加する。

「その顔を見るに、何となくこの液体の効果が分かってくれたようですね。快楽に溺れれば溺れるほど、死が近づいてくる。淫らなあなたには魅力的じゃないですか？」

「なるほど。人は内出血でも死ぬ生き物だ。理に適っている特性だよ。僕がその分泌液を何度も浴びて身体を殴打されようものなら、それだけで決着が付く」

「ええ。つまり冬子先輩に勝ち目は無いでしょうね。もし今からでも《少年K》をここに連れてきて、はるる先輩を差し出せばあなたの命くらいは」

「だったら僕は、ここで死ぬよ」

イブの胸倉を掴んで、僕は思いっきり首を後ろに逸らしてから前に突き出す。

ヘッドバット。何の躊躇もない頭突きを食らったイブは、文字通り面食らっていた。

「ぐ、がっ……!? ふ、ざけるなあああああ!!」

一瞬倒れそうになったイブは、僕の肩を掴んで姿勢を保つ。

「ふ、ううっ……んっ、く……!」

左肩に分泌液が付着し、快楽が脳を焼く。

ああ、最悪だ。渚とはるるの前で、こんな醜態を晒すなんて……!

でも、逆に言えばこれだけだ。これを少しだけ耐えればいい!

よろけているイブに、足を最大限に伸ばして鞭のようにしならせる。右から左へ、左から右へ。規則的な蹴りの舞いに、イブは防御を固めて凌ごうとする。

「……どうした、イブ! さっきまで余裕ぶっていたのに、防戦一方じゃないか!」

回避と防御で僕の蹴りを耐えるイブの目には、明らかな動揺の色が滲んでいた。

あるいは、恐怖か。死を恐れない無謀な人間に、困惑しているのかも。

「冬子先輩……あなた、おかしいですよ。本当に、どうかしています」

イブは速度の落ちた僕の足を掴むが、すぐに分泌液を出そうとはしない。クールタイムがあるのか、それ以外の理由か。

でも、そうだろうな。君からすれば、僕は異常者かもしれない。

「普通の人間は命が惜しいはずです。戦闘を続けるにしてもやりようがある。完全な近接戦闘を続けるのは自殺行為なのに」

敵のくせに説教か。だけど、僕の師匠も同じことを言うだろう。

無暗に命を捨てる戦い方を見せたら、半殺しになるまで殴られるかも。

だけど、僕の命は僕のためじゃない。大切な人の為に、使うんだ。

「……僕の人生は、何もない人生だった。無意味な日々の積み重ねで、生きている意味が無かった。だけどそんな空っぽの僕を、愛してくれる人が出来た」

世界中でただ二人だけ。損得も束縛もない、まっさらな関係を築けた。

渚とはるる。僕の親友。

二人の笑顔を見るためなら、僕は――。

「この命を捧げても惜しくない。そのために僕は、今日まで生きてきたんだ！」

宣言した直後、三度目の快楽が全身を包む。

「ん、あ、ああっ……！　負けて、やるもんかっ!!」

腰が砕けそうだ。思考が停止しかける。変な声が出かけたけど、我慢する。
イブの手を振り払って、距離を取る。戦いを続けるために。
拳を突き出せ。脚を振れ。骨が折れても、心だけは挫けるな。
目の前の敵を打ち倒せ。僕の後ろに立つ、大切な人たちを守るために。
「まるで獣、ですね……」
イブが引き攣った顔で僕の連撃を回避する。
分泌液による抗血液凝固がどれくらい作用しているのかは、分からない。
攻撃に合わせてカウンターを食らったら？
僕がここでよろけて派手に転倒したら？
内出血でも死ぬなら、わざわざ体外に血を流させる必要無い。それでも。
「獣だって？　それで結構さ！　ロジカルな戦いなんて、本当は苦手だからね！」
思考を放棄しろ。感覚に身を委ねろ。頭に滲む恐怖を捨てろ。
迷うな。
迷うな！
迷えば死ぬぞ、白浜冬子！　ただ目の前の、己の敵を討て！
「もう、いいでしょう」

拳も蹴りも、一切の手ごたえを感じないまま。

気付けば僕の首に、死がまとわりついていた。

氷のように冷たいイブの右手は、強烈な力を伴っていた。

「あ、ぐぅ……！　ち、くしょう……っ!!」

分かっていた。快楽に壊された身体(からだ)では、激しい攻防に対応出来ないと。

吐き気を催すほどの息苦しさの中に、不快な快感が混ざり合う。

殺し合いの最中に決して混在するべきではない感覚。どんなに訓練を積んだ戦士でも、前情報が無ければ太刀打ち出来ないだろう。

「……は、るる。逃げて、くれ。僕たちの負け、だ……」

必死に息を吐き出して叫んでも、掠(かす)れた声しか出ない。視界もぼやけていく。

「お願いだからやめて……やめてよ、イブちゃん！　ウチの大切な友達を……フユを、殺さないで！」

はるるは僕を助けようと、イブの腕を掴(つか)むけど――。

「邪魔です。あなたは私たちの前に立つ資格はありません」

イブは空いている左手ではるるを振り払い、強い力で吹き飛ばした。

「きゃあっ！」

悲鳴と共に視界の端へと、はるるが消える。助けてあげたいのに、何も出来ない。

「冬子先輩、これが最後です。少し手を緩めてあげますから、遺言があればどうぞ」

このまま絞殺されるか、あるいは壁に投げ飛ばされるか。どちらでも死は免れない。

「遺言……だって？　笑わせるな。おかげで分かったよ、イブ」

「は？　何を、ですか？」

「君は僕と同じで、人を殺した経験が無いだろう？」

その無機質な目に、明らかな動揺が浮かぶ。やっぱりそうだったか。

「だから、殺し方も分からない。殺しに伴う恐怖を拭いきれない。背負う罪を忌避する。僕と同じでプロフェッショナルを気取った、甘いビギナーだ。そうだろう？」

何も答えないイブに、僕は続ける。

説得とも命乞いとも違う、まだ手を汚していない彼女を……躊躇わせるだけに。

「君は他人に命令されているだけの傀儡だ。だけど君には君の意志がある。君には自分の魂に刻まれた……そんな望みが、一つくらいはあるはずだ！」

例えばそれは、僕にとっての正義。

人は生きていくうちに、どうしたって諦められないことがある。

夢でも、愛でも、平和な日常でも。何だっていいんだ。

「だからそれを捨ててまで、他人の為に自らを犠牲にするな。誰かを殺すということは、自分の全てを捨てることになるんだから――！」

「……もう手遅れですよ、冬子先輩」

ふわり、と。

身体が宙に浮かぶ。ぼやけた視界の中にあるのは、奴の……イブちゃんの顔だった。

親とはぐれた子供が、寂しさと悲しさから泣き出す直前のよう。

ああ、救ってあげられなかったな。

僕は無力だ。渚も、はるるも、イブちゃんも。誰も救えない。

高く投げ出された僕の身体は間もなく、硬い壁に激突する。

内出血の一つや二つは避けられないだろう。つまり、死は確実だ。

これで、僕は終わりかな。ごめんね、渚。

『よくやった、白浜冬子』

意識が途切れる直前に、知らない誰かの声が聞こえた。

いや、僕はこの声の主を知っている。渚の家でお泊り会をした時に、夢の中で僕と対話した銀髪の少女……その遠く離れた位置に、睨むような顔で『彼女』も立っていたから。

渚を怖がらせないように隠していたけど、そうか。今分かったよ。

君も、渚を大切に想(おも)っていたんだね。

全てを託すのは不甲斐(ふがい)ないけれど、僕の大好きな「三人」を救ってあげてほしい。


そして、背中に伝わる衝撃を受けて、僕の意識は途切れた――。

◆◆◆　東江(あがりえ)はるるの対話

「フユ……？　ねえ、フユ。起きてよ、フユ！　冬子ってば!!」

放り投げられて稽古場の壁に激突したウチの友達は、呼びかけに応えない。

ここからじゃ、呼吸をしているのかも分からない。

まさか……嫌だよ、そんな。そんなの、絶対に嫌だ！

「次はあなたたちです。先輩方」

座り込むウチと、腕の中で眠っているナギ。ウチらに近寄ってきたイブちゃんが……手から青い液体を滲(にじ)ませながら、無感情の目で見つめてくる。

「はるる先輩。ほんの少しだけ我慢していてください。そうすればすぐに」

「ねえ、手遅れってどういうことなの？」

思わず言葉を遮って、ウチはイブちゃんに尋ねる。

少し面食らった様子だったけど、それでもイブちゃんは答えてくれた。

「……《血の種》を飲んだ私は、もう人ではありません。あなたたちとは違う身体になり、決して普通の生活には戻れない。それに」

イブちゃんは自らの顔を、忌々しそうに撫でる。

「本当の顔も名前も、私には存在しない。私はこの世界では迷子なんです。だったらいっそ、誰かに命令されてそれをこなすだけでいい。イブ・リヴァースに自我はいらない」

「そんなこと、関係なくない？」

「……は？」

「ウチの身体にも、《還り血》っていう……普通とは違う血が流れている。それを知った時はショックで、悲しくて、世界から消えたくなったけど……二人が救ってくれたの」

ナギとフユ。大好きな友達が、こう言ってくれたから。

「そんなの関係ないって。はるるだから、好きだって。だから思うんだ」

身体も顔も、名前も記憶も、全てを失っても。

そこに宿る魂だけは、絶対にあなただけのものだから。

「イブちゃんはイブちゃんだから。ウチは……そんなあなたが大好きだから、一緒に居たいと思うよ。だって、まだ全然何もしてないじゃん！」

放課後に街を歩いて買い食いするとか。お互い何キロ太ったか、こっそり教え合って。

女子四人で休日にカラオケに行って、翌日ガラガラの声で笑い合うとか。

女子会は……したね！　でも、女子会とお泊まりは何回でもしなきゃいけないのだ。

だってウチら、女子高生だよ？

何十年も続く人生の中で、たった三年しかない時間だから。

「それに、文化祭とバンド演奏だってまだしていないから！　だから、ウチらと一緒に青春をしようよ。ウチは……みんなで青春がしたい！」

気付けばウチの目からは、涙が零れていた。

決して、死ぬことへの恐怖から泣いたわけじゃない。

ウチは、嫌なんだ。大切なものがまた一つ……無くなっていくことが。

イブちゃんと過ごした時間。思い出。絆。そのどれも――。

絶対に失いたくない。みんなでこれからも、ずっと一緒に居たい！

「……私も、先輩方のことは嫌いじゃないです。本当、虚しいですね。私が記憶を取り戻さなければ……何も変わらなかったのに。変わらないものを、互いに愛せたのに」

足元に転がっていた演劇用小道具の模造刀を拾い上げ、イブちゃんは頭の上で構えた。

死ぬことは、本当に怖くない。

ここに来る前に、フユと交わした言葉は嘘じゃない。

でも。ナギは助けてあげたい。

こんなに小さい身体(からだ)でいっぱい悩んで、いっぱい戦って、いっぱい傷ついて。

それでもウチらと同じ青春を過ごすために、帰ってきてくれた女の子の命を。

大切な親友の未来を、途絶えさせたくない。

「今の私の力なら、この玩具(おもちゃ)でも首を刎(は)ねるくらいは余裕で出来ます。組織に引き渡して凌辱(りょうじょく)されるくらいなら、せめて私が終わらせますから」


さようなら。はるる先輩。


目を閉じる。呼吸を止めて、鼓動だけを感じる。

これは、同じだ。幼い頃に人生で初めて死に直面した、自動車事故の時と。

潰れた車内の中、薄れゆく意識の中で感じていた絶望感。走馬灯。

東江(あがりえ)はるるを愛してくれた人の顔と、みんなの愛を振り返りながら——。

「ごめんね、ナギ」

そうやって潔く死のうと思ったけど、やっぱりダメだ。

ナギのことが……夏凪渚(なつなぎなぎさ)のことが好きすぎて、未練ばかり残っちゃうや。

大好きだよ、ナギ。あなたは生きて。そして……ウチのことを、どうか忘れないでね。

「やれやれ。どうしてボクのご主人様の友達は、みんなして謝ってくるのかな」

へ？


聞きなれない声がして、ウチはゆっくりと目を開ける。

本来ならイブちゃんが模造刀を振り下ろしているはずだった。

だけど違う。

気付けばウチの腕の中は空っぽになっていて、そこに寝ていた少女が居ない。

「あ、あなた……だ、誰？」

イブちゃんの前に立つ背中に、ウチは間抜けな声で尋ねる。

背格好は、完全にウチの親友だ。さっきまで寝ていたお姫様。

だけど目の前の人は違う。佇（たたず）まいも雰囲気も、声音も全くの別人。

すぐにその名を知りたかった。その声を聞きたかった。

そんなウチの思いを察して、目の前の《彼女》が振り返る。

「ボク？　ボクは……亡霊かな。もうこの世に存在していない、過去の存在だ。だけど、ボクはどうやら君のおかげで、ここに舞い戻れたようだ」

目の前の異質な存在に、イブちゃんは慄いて距離を取る。

「な、何ですか……何なんですか、あなたは！」

「うるさいな。少しそこで黙っていろ、イブ・リヴァース」

叫ぶイブちゃんを、ナギは……ナギのような少女は、その真紅の目で睨みつけた。

すると魔法のように、イブちゃんは一切動けなくなる。

「どうやら本当に僅かに残っていた人格が、キミの特殊な血のおかげで補強されたらしい。ボクはもう一度ご主人様の力になれるわけだ。奇妙なこともあるものだね」

「ど、どういうこと？　ウチ、別にあなたに血を飲ませてないけど」

「分からないか？　人の涙は、血液とほぼ同じ成分で出来ている。キミの流した雫がご主人様の唇に触れたおかげで……それがこの世に再臨するための楔になった」

そういえば、イブちゃんが血とか《種》とかワケの分からないことを言っていたけど。

それと同じことが、ナギの身体でも起きたっていうこと？

ナギの身体にも、ウチと同じように人とは違う『何か』がある……？

「良く分からないけど、た、助けてくれるの!?」

「キミたちを助けるわけじゃないよ。ボクはあくまで、ボクのご主人様を救うだけだ」

「そ、それでもいい！　ウチのことはどうでもいいから！　せめてナギのことだけは、どうか救ってあげて！」

少女は小さく笑って、近くに落ちていた演劇部の衣装らしい、帽子と木刀を何故だか拾い上げる。

「ふーん、学生帽か。ボクの好きな形とは違うけど、これでもいいや。服装がイマイチだと気が乗らないからね。ついでに武器もこれで十分。マントは……無いか」

「ね、ねえ。ウチはあなたのこと……なんて呼べばいいの？　渚B？」

「そんなのどうでもいいよ。いつも通り、ナギでいい。今のボクは殆ど力が無いし。ここに留まれる時間も長くない。少しだけ手を貸したら、その後は――」

黄泉の国にでも、帰ろうかな。

少女は……ナギはそう言って、イブちゃんと向き合った。

「さて、このまま一撃で息の根を止めてもいいけど、キミはちゃんとした形でボクに負けた方がいいね。心を折らないと、君の決意を砕くことは出来なさそうだから……動け」

ナギがもう一度睨みつけると、イブちゃんは模造刀を握り直す。

緊迫した空気の中、どちらが動くこともなく。

膠着状態のまま、イブちゃんが口を開いた。

「まさか……渚先輩、あなたも《種》を身に宿していたとは。驚きですね」

「いや、この身には一片も存在しない。ボクはただの残滓だ。僅かに残るボクの人格が、お前の《種》に共鳴したのさ。そして東江はるるの《還り血》によって顕現した」

「なるほど。形は違えど、ルーツは同じ……あなたもまた、異形の力を身に宿す者ですか。納得しました」

短い会話が終わり、それを合図にナギも木刀を構えた。

「では、やりましょうか」

「ああ、やろう」

間髪入れず、互いの剣がぶつかり合う。

木刀なんて一瞬でへし折られちゃうと思っていたけど、そんなことはなくて。

「馬鹿と鋏は使いよう、ってね」

寧ろ、攻防の流れは完全にナギにあるみたい……！

筋力も、武器も、何もかも勝っていそうなイブちゃんは終始押されている。

「くっ……！　そんな武器で、どうして……！」

「剣術の差だ。キミたちは訓練の中で強い武器しか扱わない。銃やナイフのように簡単に人を殺められる、品の無い武器ばかりをね」

ナギは片手で木刀を操り、イブちゃんの模造刀を容易く弾いていく。

何度も、何度も。イブちゃんは攻勢に出るために模造刀を真っ直ぐ構えるけど。

ただ、それだけだ。ナギはそれ以上動く間を与えない。

「剣戟の基本は角度だ。少ない力であっても、刀身のぶつかる角度一つで、木刀でも鋼鉄の剣と渡り合える。ちなみにボクはサーベルの方が好きなんだけどね」

お喋りをする余裕まであるなんて……こんなの、力量を比べるまでもない。

休日に新聞紙を丸めて作った剣で、お父さんと子供が遊んでいるみたい。

「……だったら、こんなものっ！」

イブちゃんは模造刀を投げ捨てて、右手に拳を作る。

フユにやったみたいに、あの液体を飛散させるつもりだ――！

「ナギぃ、気を付けてー！」

「言われるまでもない。こんなの所詮、子供騙しだ！」

ナギは学生帽を脱ぎ、全力で振るった。

扇の要領で突風が巻き起こり、イブちゃんの手から出た飛沫は無効化される。

すごい。あんなことも出来るんだ……！

「っ、ぐう、がぁああ……!!」

跳ね返った飛沫はイブちゃんの右目に直撃し、彼女はその場で悶える。

金色の目から大量の涙を流しながら、それでもナギに対して睨むのを止めない。

「剣の実力も、戦いへの対応力も、どれくらい差があるか分かっただろう？　無駄なことはやめて、いい加減降伏したらどうだ？　どこかの組織の傀儡（かいらい）さん」

「うるさい……あなたみたいな化け物が……私の存在を、否定するなー!!」

イブちゃんはいよいよ素手でナギに殴りかかる。

もしや、分泌液をナギに直接付着させて戦意を削（そ）ぐつもりかもしれない。

だけどそれは、ウチのような素人目から見ても甘すぎる攻撃行動で。

迎え撃つナギもまた、木刀を放り捨てた。

「ええっ!?　な、ナギ！　そんなことをしたら――！」

「大丈夫だよ、東江（あがりえ）はるる。心配は……無用だ！」

イブちゃんとナギの距離が縮まっていく。

やがてその手がフユにしたのと同じように、ナギの首を掴（つか）もうとして。

だけど、それ以上手が伸びることはなかった。

「が、はあっ……!?」

イブちゃんは短く空気と吐息を漏らして、その場に崩れ落ちる。

懐に潜ったナギがカウンターの掌底を、鳩尾（みぞおち）にぶつけたんだ……！

そしてその直後、イブちゃんは口から小さな《種》を吐き出した。

決着がついた。

誰がどう見ても、ナギの圧勝だった。

「どうやらボクの力に気圧されて、《種》が臓器から分離したようだね。これでイブ・リヴァースの身体は浸食されなくて済む。ねえ、東江はるる」

「は、はいっ!?」

　静かな声で名前を呼ばれて、つい背筋が伸びてしまう。

　顔はナギなのに、本当に別人でしょ……！　ていうか、何なら惚れそう。

「ボクはもうすぐ消える。だからご主人様の親友であるキミと、そこでバカみたいにぶっ倒れている白浜冬子に、託しておきたいことがあるんだ」

「……託す？　ウチらに？」

「ああ。ボクのご主人様は知っての通り危うい人でね。ここではない別の場所でも、他人のために命を投げ捨てようとしたことが、何度もあったのさ」

　だから、と。ナギはウチの手に血に塗れた《種》を握らせながら語る。

「今回はたまたまボクが救うことが出来た。だけど、そうじゃない瞬間もいずれ来る。学校生活では、ご主人様を守れる人が居ないことだってあるだろう。その時は」

　親友であるキミたちが……夏凪渚を、守るんだ。

　ウチらは、無力だ。

　戦いの心得があるフユでさえ、強大な敵を前にしたら手も足も出ない。

　ウチは言うまでもない。ちょっと変わった血が流れているだけの、女子高生。

悔しかった。悲しかった。辛かった。泣きたかった。

だからもう、二度とこんな思いをしたくないから――。

「……うん、約束する。今度はあなたが居なくても、ウチらが大切な友達を守る。だから安心して。どうか、ウチらを信じて！」

別に、危機と遭遇した時に戦って勝つだけが正解じゃない。

三人で一緒に逃げてもいい。暦先生を頼ってもいい。

大切な日常を守るために。今度はもう、ナギをこんな目に遭わせない。

「分かった。だけど嘘をついたらキミたちも――倍殺し、なんてね」

その言葉を最後に、《彼女》はウチらの前から去って行った……のだと思う。

静寂の後、その身体の力がほんの少し抜けたと思ったら。

次に立っていたのは、ウチらの良く知る大好きな親友。夏凪渚だった。

目が覚めると、あたしは見知らぬ場所に立っていた。

やけに広い部屋。衣装や小道具が散乱しているから、どこかの部室かもしれない。

記憶を辿る。そうだ、あたしはイブちゃんに襲われて意識を失ったんだ。

「イブちゃんは一体どこに……」

「ナッギィイイイイ！」

あたしが視線を動かそうとすると、突然目の前にはるるが飛び込んできた。

そのまま棒立ちしているあたしに、抱き着いて手足を絡ませてくる。新種の虫かな？

「は、はるる!? どうしたの、一体……？」

「良かったぁー！ 生きてるぅー！ ナギ、ウチら生きているよぉー!! ひぃーん！」

「うわ、涙と鼻水でグチャグチャの顔を押し付けてこないで欲しい。ていうか重いからそろそろ離れて欲しい。はるる、デブった？」

「重い女でもいいじゃん！ ウチの全部を愛してよ！ このまま一生、だいしゅきホールドし続けるから！」

「体重だけじゃなくてメンタル的にも重い女だった……ああ、そっか」

あたしは頭を掻こうとして、そこにある帽子に気付く。

レトロな学生帽だ。あたしの趣味じゃない。

ああ。これは……あの子が好きそうな帽子だ。

「眠っている間に、また助けてもらっちゃったのかな」

あたしの中に宿る、もう一つの人格であり……大切な女の子。

少し前にも、あたしの力になってくれて、お別れもしたばかりなのに。

あなたはまだ、私の傍に居てくれたんだね。

あたしの友達を、救ってくれてありがとう――。

「やれやれ……何とか、全員無事みたいだね」

立ち尽くしていると、背後から馴染みのある声がした。

「冬子！　何か顔色悪いし足がガクガクしているけど、大丈夫!?」

「まあね。強引に気持ちよくさせられちゃって、死ぬところだった。意味わからないかもしれないけど」

「いや、マジで分からないから。どういうこと？」

「強いて言うなら思ったより毒が弱くて、打ち所が良かった……っていうワケさ」

うん。聞き返しても分からないや。

ここがどこかも分からないけど、春夏冬トリオは揃っている。それだけで安心する。

だけど、もう一人。目の前で倒れている女の子に、あたしは駆け寄っていく。

「……イブちゃん、大丈夫？」

あたしの身に起きたことと、冬子とはるるの目を見れば、イブちゃんがあたしたち三人にとって……好ましくない存在なのは分かる。

それでもやっぱり。あたしは、この子を放っておけなかった。

「殺してください」

イブちゃんはあたしと目を合わさず、仰向けになったまま、天井を見つめながら言葉を続ける。

「私は三人を殺そうとしました。それが私の使命だったから。失敗した私は、もう普通に生きることは出来ません。組織にも戻れない。だからあなたたちに、この命を」

それ以上は、聞きたくない。聞かない。

乾いた音が響く。あたしはその頬に全力でビンタをした――。

「そんなこと、知るか！」

イブちゃんが己の行為を恥じて、罰を望むのはいい。

これからの未来を憂いて、絶望したって仕方ない。

だけど、一つだけ。あたしは彼女を許せなかった。

その命を捨てようとしていることだけは、絶対に許せない。

「あんたは生きている！　だったら、死ぬまで生き続けろ！　過去や使命なんて全部忘れてもいい……だけど、自分の命と自分の人生は！」

他の誰でもない、自分自身で続けていくんだ!!

「少なくとも死ぬ時は……今じゃないよ。あたしたちは、選べる。生きることを選べる。だったら人生の時間を全て消費して、生き抜いた後に死ねばいい」

イブちゃんはまだ十七歳の、高校二年生だ。

あたしたちの育った境遇は違う。だけど私たちは二人とも、狭い鳥籠の中に居た。

自由を求め、春に憧れ、青い空で自由気ままに漂うような日々に……憧れていた。

だからあたしは、あなたの苦しみが分かる。分かち合える。

イブちゃん。あなたは自分の意思で鳥籠を壊して、世界と真剣に向き合ってよ。

少しだけ裏側の世界を知っているだけの、まだ、何も知らない少女だから。

友達が出来た時の喜びと、その人たちと過ごす青春の愛（いと）おしさも。

誰かに恋してそれが実らない辛（つら）さも。

同い年の女の子が普通に経験することを。普通の女子高生である楽しさを。

「……ああ、そうでした。一つだけ、してみたいことがありました」

あたしの叫びを聞いて、イブちゃんは滔々（とうとう）と語りだす。

「私、本当は女子高生になりたかったんです。普通の友達と、普通の学校生活」

「そういうのに憧れて、歌を作ったんです。青春への憧れを詰め込んだ歌を」

「誰かに聞いて欲しかった。そして誰かと短い青春の時間を……共有したかった」

「それが私の、願いでした。思い描いていた、ただの女子高生として生きる日々」

可愛い後輩が、涙を流しながら語る夢。

それを聞いて、あたしたち三人は顔を見合わせる。

「じゃあ、その願いを叶えようよ！」

もしもイブちゃんの夢がイケメンの彼氏が欲しいとか、億万長者になりたいとか、そういうのだったら何も出来なかったけど――。

それくらいなら、あたしたちでも手伝える。

青春なら、同じものを分け合うことが出来る。その夢を叶えてあげられるから！

人生と、学校の先輩として。共に作っていける。

「ちょ、ちょっと！　渚先輩、一体何を……！」

あたしはイブちゃんを無理やりおんぶして、立ち上がる。

うん、ぶっちゃけ重い！　重いけど、嫌な感じも辛さも一切ない！

背中に広がる温もりが嬉しい。誰かの願いを支えられることが、幸せだ。

「学校に行こう！　今日は音楽室に泊まって、朝までバンド練習だよ！」

「いいね！　僕も渚に同意するよ。男子禁制の女子会開催だ！」

「クラスの手伝いも忘れずにね！　次の日曜はもう文化祭だから！　えへへ！」

イブちゃんはすぐに返事をしてくれなかったけど。

それでも、涙で顔も声もぐしゃぐしゃにしていた、あたしたちの後輩は——。

「……はい！　私も先輩たちと一緒に、朝までオールしたいです！」

今までで一番明るい声を上げて、笑うのだった。


様々な戦いを経て、守りたいと思った日常がある。

その日常の中でも、ほんの少しのトラブルは付きものだけど。

だけど、あたしたちなら乗り越えられるよね。

青春を謳歌(おうか)するために、いつだって命を燃やすあたしたちなら——。

解けない『謎』も、倒せない敵も居ない。女子高生は、最強なんだから！

幕間（まくあい）　大人たちのアフター・スクール

◆◆◆　空木暦（うつぎこよみ）の解決編

文化祭前日。秋になって随分と日が落ちるのが早くなった、夕方の放課後。

私と古見（こみ）先生……蓬（よもぎ）は、忙（せわ）しなく動く生徒たちを、屋上からフェンス越しに眺める。

「なんていうか、こういう雰囲気は高校特有でいいっスよね」

隣に立つ蓬は、加熱式のタバコを吹かしながら、合間に紙パックのカフェラテを啜（すす）る。

校内は完全禁煙。屋上なら良いというわけではありません。

「あなたの不良っぷりは、女子高生だった頃から変わりませんね」

「いやいや、あの頃はタバコ吸っていないっスよ。授業とかサボるのが当たり前でしたけど。それは暦先輩も同じでしょう？」

「否定はしません。大人になってからこうしてみると、青春は美しく尊いものなのに、当時は退屈で仕方なかったですわ」

「自分らの間だと、読子（よみこ）先輩だけは皆勤賞でしたね。懐かしいなあ」

少し離れた位置にある体育館からは、ガールズバンドの演奏が聞こえてきます。

聞いていて恥ずかしくなるような、青臭い歌詞も薄（う）っすらと。

「自分たちは文化祭も大して楽しまなかったですよね。全員彼氏もいなかったし、随分と枯れた青春だった気がします」

「だけど、私は楽しかったですわ。血だらけの人生の中で、数少ない……自由だった期間ですから。さて、と」

私は白衣のポケットに手を突っ込んで、そこからとある赤い《種》を取り出します。

「蓬。これについて何か知っていることはありますか？」

「ええっと、確か《人類血清》が手に入れた《種》を加工した……バイオ兵器。《血の種》でしたか？」

「はい。これを摂取した人間は一時的に特殊な力を得る代わりに、寿命を消耗する。完全に同化してしまえば、数十分も持たないでしょう」

ただし身体(からだ)から取り除くことが出来れば、その限りではないですが。

蓬は加熱式タバコを上着のポケットに入れながら、私に尋ねる。

「で？　それがどうかしましたか？」

「ええ。これは《血の種》ではありません。校庭で採取した植物の種です」

私は手にした種を放り捨て、ポケットから小袋を取り出す。

先日、東江(あがりえ)さんから受け取った本物の《血の種》。形も色も、何もかも違います。

「本物はこれです。何故(なぜ)あなたは疑いもせず、これを血の種だと思ったのでしょうか？」

「あはは。自分は現物を見たことがないので、想像で語っちゃいました」

「違いますね。あなたは私から、この種の話をされることを覚悟していた。だから私が手に持った偽物を注視もせず、思い込みで返事をしたわけです」

「いやいや！　自分には何が言いたいか全然分からないっスけど!?」

「思えば、不可解なことだらけでした」

蓬が担当するクラスの生徒でもないのに、イブさんと繋がっていたこと。

これだけなら、私や夏凪さんたちのように、互いの立場や年齢を気にせず付き合っている友達という見方も出来る。

「ですがあなたは、私よりも一年も早くこの学校に勤めているのにもかかわらず、今になって急に夏凪さんたちに接近した」

「あの三人を監視して守るのは先輩の仕事だったじゃないですか。その流れですよ。自分は自分の領分で、組織の戦闘員として仕事を全うしていただけっス」

「だったら何故、夏休み前にモスキートが襲撃してきた時に何もしなかったんです？」

あの時、《人類血清》の襲撃に際して、私は組織に助力を求めた。

彼らは学校の封鎖と全教員への緘口令、刑事さんへの連絡はしてくれましたが。

同じ学校に勤める《仲介協会》の一員、古見蓬に指令は出さなかった。

「私たちのボスは、かなり用心深いですわ。例えば……スパイの疑いがあるような人間には、緊急性の高い任務を任せません」

「……なるほど。全部が筒抜け、っていうワケっスね」

それは肯定の言葉だった。組織の中で蓬に疑いがかかった時、私は必死にそれを拭おうとしたけれど。

近くで過ごせば過ごすほど、見過ごせないことが増えていってしまった。

「イブ・リヴァースに《少年K》の抹殺をさせようとしたのは、あなたですね？」

「ですね。自分は《人類血清》の一員として、イブの洗脳と教育、整形を施した上であの少年を殺させるのが任務です。自分が一から育てた戦士ですよ、あれは」

その結果イブさんは、《血の種》を適合させるための手術、その副作用により記憶障害を起こしてしまったと。そう語る蓬の口調は、実に薄情で冷淡なものでした。

「《少年K》を特定した時点で、あなたが殺せば良かったのでは？」

「冗談キツイっスね。あの男子は世界の正義にとって重要な存在ですよ？　それをうっかり殺そうものなら、異次元にでも逃げなきゃ一生命を狙われますよ」

なるほど。彼は色々な人間に愛されていますからね。

そして利用されている。だからこそ、その存在に価値がある。

「……つまりあなたは、自らの手を汚さないためにイブさんを洗脳したと？」

「その通りっスよ？　自分はあくまで無関係を気取って、《人類血清》という組織に罪を被(かぶ)せて逃げるつもりでしたから。あの少女は自分にとってただの駒で、武器です」

「救いようが無いほど……卑劣な女ですね、あなたは。そこまで腐っていたとは」

「そうっスかね。自分が《人類血清》に手を貸したのは、単に利害が一致したからです。自分らの業界だとよくある話じゃないですか。敵が味方になることも、その逆も」

「ええ。だから誰も信頼してはいけない。旧知の友達や愛をぶつけた恋人であろうと、激しい殺し合いをした敵であろうと、一瞬で関係が壊れて……歪(いびつ)な形で再生する」

「あるあるですね。自分も出来れば、こういうことはしたくなかったっスけど」

言葉を言い終えるよりも先に、私の横顔に向けて銃弾が放たれる。

予想通りの行動。ならばほぼゼロ距離でも、躱(かわ)すのに苦労はしません。

硝煙の臭い。学校の屋上で漂わせるには、あまりにも不穏なもの。

蓬(よもぎ)は加熱式タバコを入れたポケットから、代わりに小さな銃を取り出していた。

「面白い武器を使いますわね。某国が数十年前に開発した、消音拳銃ですか」

「その改良版っスよ。運用には殺傷力に難がありましたが、内部構造を変更したことで解消された優れモノっス」

「無粋な武器ですわ。あなたのような卑劣な臆病者には、ぴったりですが」

二発、三発。返事の代わりに銃弾が放たれる。

ステップを踏んで後退しつつ、不規則なリズムに銃口が揺らぐ。

射線を迷わせ、致命を避け、慢心と油断の間隙を見抜く。それが私の戦闘術。

「相変わらず、不気味な脚捌きっスね……！」

四発目。私の動線を予測した銃撃。停止すれば当たらない。

五発目。脇を掠める弾丸は僅かな裂傷を生むも、出血量はごく軽微。

「あと二発で装填された分は終わりですわね、蓬」

「躱し続ければリロードの隙に接近出来ると？　その中距離回避、いつまで続けるつもりっスか！」

「では……そろそろ終わりにしましょうか」

殺しの猶予は与えた。プロには多すぎる五発の弾丸。

それでもあなたは仕留めきれなかった。殺しを完遂するには、ただ一発でいい。

拳でも、蹴りでも、ナイフでも、銃でさえも。

それこそが相手への最大の敬意と慈悲になるのだから。

私は咄嗟に白衣を脱ぎ、蓬の視界に広がるように投擲する。

「雑な目くらましですね！　あなたの機動力なら逃げる先は――」

背後だ。蓬は言葉を続けずに反転する。殺しの経験値が生み出した、直感的反応。

背中を取られたら、誰であれ死に直結する。だから、死角を恐れる。でも残念。

そこに私は、立っていないのだから。

「だからあなたは、いつまでも二流なのです」

背中を見せた蓬(よもぎ)の後頭部を掴(つか)んで、そのままアスファルトの地面に叩(たた)きつける。

「あ、がっ」

不意の衝撃と激しい痛みに、短い悲鳴を漏らして蓬は脱力した。流石(さすが)に頭蓋を砕くのは可哀想(かわいそう)なので、額を割る程度に収めましたが。

私は即座に彼女の手から銃を奪い、屋上の隅に放り投げ、その両手に手錠を嵌(は)める。

刑事さんから貰(もら)った特注品。大型工具ですら破壊出来ないのだとか。

「な、んで……？　白衣で視線と意識を逸(そ)らして、背後に回ったはずじゃ……」

「そういう思い込みが、敗北に繋(つな)がったのですわ。不意打ちは最もベーシックな戦術ですが、だからこそプロは侮る。莫大(ばくだい)な経験があるからこそ、初歩的予測を怠るのです」

「……だから常に似合いもしない、大きな白衣を着ていたわけっスね……」

「いえ、私は保健室の先生ですから。それはそれ、これはこれ、ですわ」

だけどその場にあるものは全て使って、敵を欺き、殺す。

幼いころからプロフェッショナルだった私には、自然に身に着いた殺人術です。

人間らしく思考すればするほど、行動が鈍る。その刹那の間隙が死を生む。

本能で動ける獣にならなければ、命なんていくつあっても足りませんから。

「ボスから【深紅の舞踏(クリムゾン・ステップ)】なんて、物騒なコードネームを与えられるのも納得っスね……

現役時代は、その足で命を山ほど蹂躙していたんでしょう？」

「その呼び名、やめてください。ボスの付けるコードネームはそういう系統ばかりで、呼ばれる方は恥ずかしいのですから」

実は十代の頃はちょっと格好いいと思っていましたが、今は成人女性なので。

「あはは。あーあ……暦先輩には、お揃いの制服を着ていた頃から負けっぱなしっスね」

「あなたは、どうして《仲介協会》を裏切ったのですか」

可愛い後輩に手をかける前に、それだけは知っておく必要があった。

殺しの理由を正当化するために。大義を得るために。

そして何より、私自身が信じる正義のために。

「……世界を引っ繰り返したくなった。それが動機っスね」

蓬の言葉に、思わず眉を顰めてしまう。

「理不尽なんスよ、この世界は。力のある人間が人の命と尊厳を蹂躙して、流れる血すらも誰かに拭わせる。正義だ、悪だ。建前だけは立派なクズばかり」

「あなたは、私たちのボスに対してもそう思っていたのですか？」

「はい。だから私は、革命を起こしたかった。正義の側ではなく、悪の側で。でも実際に《人類血清》に入って分かりました。世界に『正しさ』なんて存在しないと」

嘲笑する蓬を即座に否定出来なかった。結局、私たちの世界は命の奪い合いを続けているだけなのですから。権力者が使役する駒の色が違うだけ。

その色は黒と白、二色しかない。それだけのことだ。

「だから自分が新しい立ち位置に成ろうとしたのですか？　組織に拾われ、非常識の世界で育った無垢な少女を身勝手に利用し、己の手を一切汚さずに……？」

「怖い顔ですねぇ、暦先輩。別にいいじゃないっスか。この世界はもっと残酷で非道なことが起きているんだから、命があるだけマシだと思いますけどねぇ」

反省の色という言葉は、最早私の後輩には通用しないのでしょうね。

世界全てを黒と白で判断した結果、自ら色を失って灰色になった蓬には……もう、誰かの人生を踏みにじった自覚すらないのだから。

「イブは《少年K》を暗殺し、伝説になれたと思わないっスか？　天涯孤独で、無価値で何の意味も無い惨めな傀儡の人生に、真っ赤な勲章を飾ってやれたと——」

「黙りなさい」

私はもう一度後頭部を掴み、先ほどより強い力で地面に叩きつけると、鮮血が舞う。

しかしその痛みが堪えた様子はなく、それどころか蓬は壊れたように笑いだす。

「……っ、ははっ。あはは。あははははっ!!　《仲介協会》の犬の分際で、子供と馴れ合ううちに母性でも芽生えましたか？　他人の為に激昂するなんて、あなたらしくない！」

「バカですね。あの少年を殺したくらいで、世界は変わりませんよ。変わらないから、残酷なんです。常に誰かの思惑と台本通りなのが世界です。それでも」

きっといつか、この最悪な世界を根本から変えてくれる存在が現れるはずです。

物語の《特異点》となってくれる存在が、絶対に現れると信じているからこそ。

「私たち《仲介協会》は……いいえ。空木暦は、己の理想を信じて戦うのですわ」

今より若かった頃は、私はイブさんと同じ傀儡でしかなかったと思う。

だけど私は世界を知った。痛みを味わった。いつしか、人形は人間になれたのだ。

「……ねえ、暦先輩」

顔を伏せて、蓬は呟く。

「その正義、読子先輩と一緒に見届けますから」

瞬間、何かが砕ける音。私はそれが何なのかを理解して、即座に蓬の首を絞めた。

短い呻き声と僅かな抵抗があったけれど、すぐに彼女は動かなくなる。

私は蓬の口をこじ開け、その中にある砕けた硬質カプセルを取り出す。良かった。飲みこむ前に意識を失わせることが出来たようです。

「やめてください、毒なんて。死んで人生を清算するのは、あなたには許されませんよ」

《仲介協会》や《人類血清》が、彼女の罪に対する罰として死を与えるとしても。

あなたはそれまでの間に、背負うのです。自らの行いを省みる必要がある。

それがイブさんへの、唯一無二の贖罪なのだから。

「……だけど私は、やはりロマンチストなのでしょうね」

私と蓬はかつて、《種》を使って実験を行っていた組織を、いくつも壊滅させた。

意図せず人の命を救うこともあった。蓬にとって、それが次第に『正義』となった。

だけど組織を潰しても、潰しても、終わりは来ない。

繰り返される殺し合いと消えゆく命。蓬はきっと、それに疲れてしまったのだと思う。

「世界を引っ繰り返したいのは、救済のため」

何より。蓬自身は《少年K》に手出ししない予定だったとしても、明らかに邪魔な存在である夏凪さんたちを始末し、東江さんを今度こそ拉致出来たはず。

特定していたであろう《少年K》の正体だって、イブさんに教えなかった。記憶を取り戻すトリガーになったはずなのに。何なら、記憶回復の手助けすらしなかったと感じる。

ねえ、蓬。何故なのでしょう？　あなたは、もしかしたらまだ——。

「いいえ……これはあまりにも、私の希望に満ちた想像でしかないですわね」

それでも。一人の少女の人生と身体をめちゃくちゃにして、殺しに利用しようとしたことだけは揺るぎない事実です。私の大切な人たちの命を、奪おうとした。

だから私にとって蓬は完全なる『悪』であり、否定すべき存在。

ああ……三人でバカ騒ぎしていた高校時代が、とても懐かしくて、酷く苦しい。

あの頃既に《仲介協会》の序列二位として活躍していた私と違い、蓬はとある事件を経て、私の後を追うようにして組織に入ってしまった。

私は、入って欲しくなかった。人を殺す私の背中なんて、見ないで欲しかった。

あなたたちは私にとって、いつ帰っても安らぎを与えてくれる存在でいて欲しかった。

「……読子。あなたが生きていれば、私たちの生き方は違ったのでしょうか」

亡き友人に問いかけて、しかしそれは空虚な言葉だったと気付く。

「無理な話ですよね。当時の私は女子高生にしては、人を殺しすぎた」

だけど夏凪さんたちを見ると、時々別の未来があったのではないかと……そう思ってしまうのです。

どんなことが起きても、大好きな友達がいつでも笑顔で迎えてくれる。そんな日々を。

「だからせめて、私が手に入らなかった日々を、あの子たちには過ごして欲しい」

私は決めたのです。保健室の先生、空木暦であり続ける間は――。

夏凪さんたちの青春には、血は流させないと。

「……さて、組織に回収を依頼しますか」

蓬の処罰は、私ではなくボスが決めること。

先輩である私があなたにしてあげられる優しさは、これが全て。

「この後は文化祭準備の見回りもありますし、手短に」

「変わった《血》の匂いに誘われてきたが、どうやら期待外れだったらしい」


全身の毛が逆立ち、神経全てが警鐘を鳴らす。

異質な殺気。ほんの数秒前までは、平和な学校の屋上だった場所の空気が変わる。

息が苦しい。ただその存在が降り立っただけで――。

私が何度も経験してきた、殺し合いの場に変わっていた。

「あなたは……まさか」

スーツに血の色を思わせるネクタイ。金色の瞳。

背後に立っていた男に、私は臨戦態勢を取る。

本能で分かる。こいつは、同じだ。私の大好きな赤髪の刑事さんと同じ。

世界の中で重要な役割を与えられた、唯一無二の存在。

「ハッ、ヒト風情が何を勘違いしている？　貴様ごときに用は無い。オレが興味を持っているのは……それだ」

男は私のポケットを指差す。

「寄越せ。余計な怪我をしたくなければな」

こっそり抜き取られなかったのは僥倖(ぎょうこう)、でしょうか。

私とこの男の実力差が、それほどは大きくないことの証左。

ただそれでも、本気で殺し合いをすれば歯が立たないのは容易に分かる。

嫌ですわね、本当に。若い頃は世界中どこを探しても、自分より強い存在なんてものは滅多(めった)に居なかったのに。

「ほう。賢明な人間だ。この世全ての人類が貴様のようであれば良かったのだが」

私はポケットから《血の種》を取り出し、男に向かって放り投げる。

それを受け取った彼は、つまらなさそうに種を見つめた。

「オレはただ、この血が一体何なのかを確かめに来ただけだ。ほお、なるほど……やはりこの血は性質こそ違えど、所詮はただの人間の血に過ぎぬようだな」

「……それは《還(かえ)り血》を含んだ《種》ですよ？　普通の物ではありません」

「それは貴様ら人間にとって、であろう？　オレにとってはそうではない。せっかくここまで来たというのに、全くの無駄だったな」

男は種を放り投げてから跳躍し、貯水タンクの上に着地する。

「人間よ、一つ問う。貴様は己を一体どんな存在だと考えている？」

「はい……？」

「分からぬか？　例えばこの世界が大きな物語の舞台だとする。貴様らはそのキャスト。

与えられた役割を何と考える？」

　思考する。目の前の男が望む答えを。

　誤れば命を奪われかねない。ただ、今は彼にその気は無いように見えた。

　だから私は答えます。この無意味な問答に、直感で。

「脇役、でしょうか。台本には決して絡まないような、ネームレスのモブキャラですよ」

「違うな。貴様は脇役になりたいと願っているだけだ。貴様が歩んできた道程は、その顔と放つ殺気で嫌でも分かる」

　男は「ハッ」と短く笑って、言葉を続ける。

「幾重もの死体の上で踊り、赤色に染まった脚。水の代わりに血を吸い上げ、残酷なほどに美しく育った薔薇(ばら)のようだ。洒落(しゃれ)たステップを刻み、靴底に血肉をへばりつかせて、淡々と敵を殺し続ける。そんな奴(やつ)が脇役を自称するなど、笑わせる」

「……こちら側の世界では、そういった人間以外は生き残れませんから」

「そうか。では、その目は何だ？　表面上は楽観と希望に満ちているが、底には汚泥のような世界への憎悪が沈んでいる。どんな経験をすればヒトごときがそんな領域に到達出来るのか、オレには想像もつかんな」

「だったら私は、この世界における何なのでしょうね？　主役でもなければ、脇役でもない。実は悪役でしょうか？」

「オレが知るか、そんなもの。だが、貴様は関わりすぎている。オレを筆頭に世界という名の物語の核心に迫るような連中と、あまりにも接点が多い」

「あなたは私のことを、知っているのですか？」

「いや。だがその身体に纏わせている匂いを嗅げば、察しはつく」

レディに対して匂いの話までする。マイナス五兆点。デートは無理ですね。

ですが、この男が異形の存在であれば、ほんの僅かな残り香でも、私の交友関係を知り得ることが出来るのでしょう。

あるいは誰か、知った人の匂いでもした、とか。

「近すぎる点と点は、いつしか線となる。線は文字を紡ぎ、真実を描く。そしてその全景を見つめた時に、ヒトは否応なしに知るのだ。己の役割を」

「繋がった線の中で縁が育まれる……と。では逆に問います。あなたという異質なキャストは、一体どんな役割を与えられたのでしょう？　正義の使者とか？」

「無礼者。ヒト如きがオレに問うな。言ったはずだ、全景を見なければ分からぬと。オレは己の目的のためだけに、この世界に線を引いている。たとえそれが褒められたものではないとしても、関係ない。正義というのは所詮、ヒトが暴力を正当化するためのものだ」

「あら。それでしたら私も同じことですわ。初めて気が合いましたわね」

男は物凄く嫌そうな顔で、「何だと？」と聞き返します。

こんな美女に肯定されてその反応は腹が立ちますわね。ですが。

「私も、今まで歩んできた道は褒められたものではないでしょう。これから歩む道も、究極の自己満足です。私の人生が終わる瞬間……その時に振り返ってみて」

いい人生だったと、思えたなら。

それが私にとって正しいことで、正義を貫いた証明となる――。

彼が何を知りたいか、何を望んでいるかは分からない。

でも、私は何者でもいい。自分が望む自分になれれば、それでいい。

誰かが与えた役割をこなすだけの自分は、とっくに捨てたのだ。

「なるほど、悪くない。ヒトにしては話が出来る奴(やつ)だ」

満足してくれたようで、男は口元に小さな笑みを浮かべる。

「さて……オレはそろそろ行こう。最後に一つ、警告しておく」

吸血鬼は背中から大きな翼を広げて、殆(ほとん)ど沈みかけた夕陽(ゆうひ)を背に語る。

「貴様ら人間は神の真似(まね)事をして、様々な生物の肉体や血、魂さえも変質させようと試みているようだが――、その罪と呪いは、いずれその身に返ってくるぞ」

先ほどまでそれなりに分かり合えたと、そう思っていましたが。

「覚えておくがいい。世界が滅びを迎える、その瞬間までな」

彼の放つ憎悪を感じるに、どうやらそれは私の盛大な勘違いだったようです。

そして、今度こそ彼は貯水タンクから飛び降りた。

瞬きをする間に、消え去った。まるで酷い悪夢だったかのよう。

「……知りませんよ。そういうスケールの大きい説教は、私ではなくどこか壮大な物語のヒーロー相手にかまして欲しいものですわね」

彼が捨てていった《血の種》を拾い上げて、私は独り呟く。

「ここは学校で、私はただの教員。尊い青い春を過ごす若い命が……彼らだけの新しい物語を作り上げていくための場所なのですから」

二本の指で種を圧し潰し、私はフェンスに寄りかかる。

何度目かのリハーサルをしている、青春バンドの音が聞こえる。

私にはもう、二度と経験の出来ない時間。

仲間たちと過ごす、今だけの瞬間。

だけどこうやって、少しだけ遠くで見守ることは出来るから——。

「私はあの子たちの青春を守る、大人でありたい」

それが私の、たった一つの願いです。

エピローグ　今宵に響く、あたしたちの青春ライブ

「結局、また朝まで徹夜しちゃったね。何回くらい学校に泊まったっけ？」

文化祭当日。体育館の舞台袖で、あたしたちは出番を待っていた。

「覚えてないなー。ウチらだけっぽいよ、何度も学校に宿泊申請出したの。他の生徒たちは多くても一回だけだってさ。ウチら学校を愛しすぎでしょ。あはは」

前日も学校に泊まって、朝まで何度も何度も、演奏を重ねて。

歌詞も書き換えて、時々みんなで休憩して。お菓子を食べて。笑い合って。

そんな繰り返しを経て、そして気付けば、あっという間に本番がやってきた。

「やれやれ。元気だね、君たちは。僕はさっきこのステージの上で声を張り上げたばかりだから、ちょっと眠いんだけどな」

冬子は午前ステージのラストである演劇部の出番があったため、連続での出演だ。

劇は大成功だったこともあり、場内はかなり活気づいている。

「あの時のフユ、格好良かったよねー。マジでフユのための脚本だった！」

「そうじゃないよ、はるる。あの脚本は僕と部長さんの合作だから。まあ、僕があまりにも美少女すぎて、お客さんの注目を集めたことは否定しないけどね！」

「実際その通りなんだよね。あんたの姿をまた一目見ようって、バンドの方にもすごいた

くさんのお客さんが来ちゃっているけど」

こっそり、舞台袖から客席を見る。

一年生から三年生まで、数えきれないほどの生徒があたしたちの出番を待っている。

それだけじゃない。外部から来たお客さんも、何が始まるかも分からないまま、それでも期待の目を舞台に向けている。

「おやおや。怖いんですか、先輩方」

そんなあたしたちに、意地悪な口調で尋ねてくるのは。

「うっさいなあ。イブちゃんだって、足ガクガク震えているくせに」

「違います。これは尿意を我慢しているだけです。バンド演奏が終わるまで耐えてくださいね……私の膀胱（ぼうこう）！　おしがま耐久開始です！」

「やめてぇ!?　入口のすぐそばにトイレあるから、さっさと済ませてきて！」

イブちゃん。私たちの可愛（かわい）い後輩。

暦（こよみ）先生の計らいで、イブちゃんは文化祭が終わるまでは、今まで通り一緒に学校生活を過ごせるようになった。

その後、どう生きるか。それを決めるのはイブちゃん次第だ。

過去を清算して、人生をもう一度再開することは誰にだって出来る。

本人がその希望を抱き続ける限り、人生は終わらない。

『大変お待たせ致しました。文化祭スペシャルステージ、午後の部を開演します』

アナウンスが入り、観客が一斉に歓喜の声を上げる。

これからのことは、全てが終わってから考えればいい。

今あたしたちがやることは……やりたいことは、たった一つ！

「もうすぐだね。このステージが僕らの初舞台だ」

「まさか五年後、ウチらがドームツアーをすることになるなんて、思いもしなかった」

「急に嘘（うそ）モノローグを差し込まないでください、はるる先輩。でも、私たちなら出来ちゃうかもしれないですね」

「いや、これが最初で最後だから。でも、だからこそ……最高の演奏をしようね！」

あたしたちはいよいよ、舞台袖からステージへと歩き出す。

全員が学生バンドのステージ衣装とは思えない、煌（きら）びやかなドレスを着て。

これを貸してくれた演劇部の夢野（ゆめの）さんに感謝だ。ウェディングドレスじゃないのがちょっと残念だけど。なんてね。

そして定位置に立つ。幕はまだ、上がらない。

『午後のステージ最初のプログラムは、バンド演奏です。担当してくれるバンド名は』

イブニング。

最後まで悩んだけど、このバンドを始めたのはイブちゃんだから。

そして、このステージが終わった後も青春を続けて欲しいから。

あたしが命名した、世界最強のバンド名。

「酷(ひど)い名前だよね、全く」

「うん。酷すぎて草生える」

「ええ。こんなに酷いネーミングセンスは中々無いでしょう」

左右と後方から、バカたちのストレートすぎる批判が突き刺さるけど。

でも、いいんだ。

そんなこと言いながら、三人とも……ううん。あたしもみんな、笑っているから。

そして、ゆっくりと幕が上がる。

耳にうるさいほどの大歓声。太陽のようにギラギラ光る照明群。

ただ漫然と生きているだけじゃ、手に入らなかった日常の中の非現実。

さあ、あたしたちのショーを始めよう。

「ぶちまかしていくよ、みんな!!」

あたしのシャウトと共に、イブちゃんが激しくギターを弾き倒す。
イントロダクションが鳴り響く。さあ、もう後戻りは出来ない。
だけど振り向くつもりない。あたしたちは、四人揃って前に足を踏み出し続ける。
あたしたちを羨む目も。称える声も。突き上げられる拳も。
そのどれもが、このステージと青春を彩る演出になる。
ああ、楽しい。こんな楽しいなら、もっと早く始めておけば良かった。
もうすぐ、終わっちゃうな。演奏も、文化祭も、この大切な時間も。

でも、楽しみはまだまだいっぱいある。
高校生活は、まだ何か月もあるんだから。
修学旅行も、ハロウィンも、クリスマスも、大学受験も、卒業旅行も。
まだ、終わらない。終わらせたくない。
喉が潰れるまで、叫べ。
観客全員が拳を突き上げるまで、叫べ！
あたしたちの衝動と想い、青春の全てを音に込めて、叫べ――――！
汗と声にエモーショナルを込めて、心を撒き散らして、この瞬間に輝くんだ！
最後のワンフレーズ。四人で放つ音が、最高速でぶつかって響き合う。

あたしが歌詞に込めた、伝えたい思いを！

今この青春を必死に生きる高校生のみんなに、届け——!!

「あたしたちはまだまだ、女子高生でいたい！」

（了）

MF文庫J

夏凪渚はまだ、女子高生でいたい。2
探偵はもう、死んでいる。Ordinary Case

2024年 2月25日 初版発行

著者 月見秋水
原作・監修 二語十
発行者 山下直久
発行 株式会社KADOKAWA
〒102-8177 東京都千代田区富士見2-13-3
0570-002-301（ナビダイヤル）
印刷 株式会社広済堂ネクスト
製本 株式会社広済堂ネクスト

Printed in Japan ISBN 978-4-04-683345-7 C0193

●お問い合わせ
https://www.kadokawa.co.jp/（「お問い合わせ」へお進みください）
※内容によっては、お答えできない場合があります。
※サポートは日本国内のみとさせていただきます。
※Japanese text only

◇◇◇

【ファンレター、作品のご感想をお待ちしています】
〒102-0071 東京都千代田区富士見2-13-12 株式会社KADOKAWA MF文庫J編集部気付
「月見秋水先生」係「はねこと先生」係「二語十先生」係「うみぼうず先生」係